Adelbert von Chamisso

Peter Schlemihls wundersame Geschichte

With an introduction and notes

Adelbert von Chamisso

Peter Schlemihls wundersame Geschichte
With an introduction and notes

ISBN/EAN: 9783743364561

Hergestellt in Europa, USA, Kanada, Australien, Japan

Cover: Foto ©Raphael Reischuk / pixelio.de

Manufactured and distributed by brebook publishing software (www.brebook.com)

Adelbert von Chamisso

Peter Schlemihls wundersame Geschichte

HEATH'S GERMAN SERIES.

Peter Schlemihls

Wundersame Geschichte.

WITH AN INTRODUCTION AND NOTES,

BY

SYLVESTER PRIMER, Ph.D.,

Professor of Modern Languages, College of Charleston, S. C.

BOSTON, U. S. A.
D. C. HEATH & CO., PUBLISHERS
1897

Printed by C. H. Heintzemann, Boston, Mass.

INTRODUCTION.

> "I remember Chamisso as a gentle breeze which almost imperceptibly moves the heather."— CHATEAUBRIAND, *Mémoires d'outre tombe.*

LOUIS CHARLES ADELAIDE DE CHAMISSO, known as Adelbert de Chamisso, was born January 27th, 1781, in the ancient castle of Boncourt in Champagne. The family was originally from Lorraine and noted for its loyalty to the reigning dukes; it made accordingly many splendid alliances. Adelbert was a younger son, and was, in accordance with the French custom of the day, called Chevalier. His father and brothers served under King Louis XVI. until his capture, and then remained in the service of the royal party.

Little is known of the early history of Adelbert. He was taciturn, pensive, and fond of solitude. In 1790 the family was forced to emigrate, and wandered through Liege, Brabant, Holland, and Germany, while the father shared the fate of Marshal Broglie in his campaigns. In 1796 the family settled in Berlin, and the two elder brothers supported their parents by miniature painting. Adelbert became the page of the queen of Frederick William II., and prepared himself for a military career. In 1798 he sent a thesis on some military subject to the king, and was appointed ensign as a reward; on the 31st of January, 1801, he was breveted lieutenant. Under the amnesty of the First Consul the family returned to France; but Adelbert chose to remain in Berlin.

Very early the poetic spirit was aroused in him; at first he wrote in French, but in Berlin he began studiously to cultivate the German language, translating much in order to become perfect in it. He liked Germany, its life, culture, and manners, though he never thought of making it his permanent home. After the departure of his family his love for his adopted country grew stronger; warm-hearted friends like Theremin, Hitzig, and Varnhagen were very helpful to him in his study of the language. In 1804 he and Varnhagen began the publication of the Musenalmanach, seconded by Theremin, Hitzig, Ludwig Robert, and others. Its poetic worth was not great, though there was no lack of zeal and earnestness. The magazine continued for three years, and formed the essential part in the development of these friends (Dr. Koreff, Wilhelm Neumann, Karl von Raumer, August Bode, Frederick de la Motte-Fouqué, Director Bernhardi and others), who formed a literary union called the "Polar Star."

Having tired of the Prussian military service, Chamisso resolved in 1805 to devote himself to the pursuit of knowledge; he desired a thorough education, which the circumstances of his family had hitherto prevented him from acquiring. It was not so easy to leave the service; he resigned several times, but without success. Finally came the disgraceful surrender of Hameln on the 21st of November, 1806, in which he, as a subaltern officer, was included. He had been faithful to his duty, and deeply felt the disgrace to the German name. He was paroled and allowed to go to Paris, though there had been a decree

that all French subjects found in arms against their country
should be executed. On his arrival in Paris, December,
1806, he learned of the death of both his parents. His
brothers and sisters were anxious to have him remain in
France; but he desired to pursue his studies, and returned
in the fall of 1807 to Nennhausen, the estate of his friend
de la Motte-Fouqué; here he met Varnhagen and other
friends. Varnhagen accompanied him to Hamburg, whence
he soon returned to Berlin and applied himself to his studies,
but with no definite purpose. The desperate state of
affairs in France weighed heavily upon him, and the sepa-
ration from Varnhagen, who went to Tübingen in 1808,
added to his depression. He found consolation in poetry
and friendship. He was now living with Hitzig, who had
established a publishing house in Berlin, and frequently
visited Fouqué in Nennhausen. His melancholy did not
diminish, and his family persuaded him to accept a position as teacher at the Lycée in Napoléonville in France,
whither he went in 1810, only to find the position abolished.
He remained in Paris some time, but he could not feel at
home in France, not even with his own family, whom he
dearly loved. He gave himself up to literary work, but
was mostly with German friends. A. W. von Schlegel
introduced him to Madame de Staël, and he passed his
time with these intellectual people in Chaumont, Fosset,
Geneva, and Coppet, till August, 1812, when he returned
once more to Berlin and began the study of medicine at
the age of thirty-two.

His inclination for the natural sciences, especially for
botany, led him to the enthusiastic pursuit of this branch.
The year 1813 was a trying one for our poet. He wished
to join the German army and fight against his own country-

men, but he did not. His teacher, Lichtenstein, finally succeeded in persuading him to retire to Cunersdorf, where he found refuge from the agitation of Berlin in the family of Itzenplitz. Here he wrote "Peter Schlemihl" as recreation from severer studies. Intercourse with his friends aroused the poetic spirit once more, and to this period belong some of his best poems.

In 1815 he was fortunate enough to receive permission to accompany the expedition of Count Romanzoff around the world. He was away three years, and published a description of it on his return.

In 1817 the University of Berlin conferred the degree of Ph.D. on him, and the Society of Natural Sciences elected him a member. He received a position at the Botanical Gardens, and married Antoine Piastre in the same year. His duties allowed him time for scientific and poetical studies, and his domestic life was very happy.

His fame as a poet dates from 1829-30, his most active period. In 1832 he became joint-editor with Schwab of the Musenalmanach, and continued it with excellent results till his death. His influence was felt by the younger generation like Simrock, Wackernagel, Gaudy, and Freiligrath. In 1835 he was chosen a member of the Academy of Sciences at Berlin. In this year he lost his wife, — a severe blow to the poet, who had to redouble his labors in order to forget his grief. His failing health forced him, in the latter part of 1837, to resign his position at the Botanical Gardens, and in 1838 he was retired on full pay. On the 9th of August of this year he became ill, and expired on the 21st.

Here we have been able to give only a bare outline of the poet's life and labors, based upon his biography by G.

Hesekiel. Those wishing a fuller account are referred to Hitzig's biography, the article in the "Revue des Deux Mondes," 1840, and the notices in the various editions.

Chamisso was a German in the fullest sense of the word, and with all that an amiable Frenchman, a remarkable mixture of man and child, helpless and skilful at the same time. In his conversation and letters he used many Gallicisms, always counted in French, and pronounced the first syllable of Uhland German and the last French. His poems and prose works are, however, written in excellent German, with only here and there a fault. He unconsciously became the favorite poet of the Germans, who loved his manly verses.

Chamisso belonged to the second period of the German Romantic School, which had in Germany a development peculiar to itself. During the last century Leipzig gradually lost prestige as the literary capital of the land, and Berlin began to vie with it; the latter also became one of the principal foci of scientific life, and attracted men of science and letters who were earnest in their efforts to promote German culture. Under the reign of Frederick the Great, German literature had been too crude to meet his approval, and after the reform of Lessing and his contemporaries the king was too old to appreciate and enjoy it. His capital had been the seat of free thinkers and the home of tolerance; the most active literary workers had enjoyed perfect freedom in every way. The battle of the period had been waged against foreign influence and for the upbuilding of a national literature. Mendelssohn and Nicolai had been intimate friends of Lessing, and were very helpful in his literary reforms. It was they, however, who gave a positive and utilitarian direction to public thought. Nicolai outlived his usefulness, and could not see the dawn of a brighter day in the young Goethe and Schiller. Enthusiasm and genius were odious to him and his few adherents; he declared war on rising poets like Goethe and Schiller, who were becoming favorites of the people, and strove to render them ridiculous. They replied, and Nicolai got the worst of it. But Berlin did not readily accept Goethe and the new school. Its writers were still fighting for the old issues long since past, and sought their inspiration in the songs of the troubadours, in chivalry, and in medieval Christianity; they saw no true greatness in Goethe. The two Schlegels, Tieck, and others, acknowledged his great genius, but believed themselves in the right. Their movement, here only briefly glanced at, is called the first Romantic School in Germany, and its influence in literary circles lasted long, though the later Romanticists fell away in a measure from the primitive principles.

Fichte became an important factor in the history of Romanticism in Germany; he was the philosopher of the ideal. Later disciples substituted for his creative *ego* the creative imagination; the Romanticists like Frederick Schlegel and Novalis now made no difference between philosophy and poetry. The imagination became the source and aim of nature, and to limit it was to abase humanity. Hence the excessive exaggeration of the later Romanticists. They were naturally drawn to the middle age, with which their thoughts and feelings were more in sympathy than with noble classic simplicity. But the realm of imagination and fancy is broad and offers room for many systems. We have, therefore, the poetry of metaphysics, morality, and of poetry itself. Novalis represents metaphysics and the philosophy of nature. Here life is nothing but imagination; reality is imagination and imagination is reality. Truth and fiction, past and present, are indistinguishable; faith and imagination are very nearly synonymous. Schelling, in his philosophy of nature, is the philosopher of the Romanticists. Tieck is not profoundly metaphysical, though he often borrows from Novalis. His ideas of fate are extremely fantastic, and his works are full of genii, gnomes, fairies, hobgoblins, etc.

The poetry of morality is represented by the two Schlegels, and defended by Schleiermacher. All "morality lies in poetry, in the imagination, in the passions." Hence they sought to justify depravity, and pleaded extenuating circumstances.

Wackenroder and Tieck are the poets par excellence of the school, and represent the poetic phase; the poetry of the middle age is their ideal. Goethe also chose his dramatic subjects from the medieval and renaissance periods. For them "poetry unites all artistic forms, so that the same piece is at once drama, epopee, and lyric poetry. They find this in Shakespeare, where drama and epopee are closely allied, and where the lyric element does not fail. Hence they studied the great English poet, admired him and translated him." (Tieck and Schlegel's translation of Shakespeare is a work of art.) They loved tales full of poetry and prodigies, where the imagination is subject to no law; irony plays a great part in all their work. Of course perfection could not be thought of where genius and classic taste were discarded. The influence of Goethe and Schiller was beneficial to the Romantic School, since it led them to pay more attention to forms, and brought them back to actual life.

The Italian medieval period had great attractions for them; and Dante, its greatest production, who summed up its theology and all the great intellectual movements of his day in his Divine Comedy, exerted a powerful influence upon them by his character-painting. They were the first to bring him before the German public.

They believed that Germany only needed a mythology to be as great as Greece and Rome. Klopstock aided them with his poetry, but it was a grand failure. The result was allegory. Even Goethe did not escape, as we see in the second part of his Faust. Then they tried to substitute the legends, miracles, the poems and music of the medieval church. Religion and Catholicism, with its impressive, sublime, and sentimental service, produced a dreamy poetry. Many were led to the bosom of the church.

Goethe and Schiller were saved by the chastening influences of classicism, "the golden age of man." They found their ideal in the works of the Greeks and Romans, and their own works are classic.

Chamisso was not at all classic; he had no dramatic talent, as we can see from his Faust, nor did any of his school. He did not share in the religious views of the more enthusiastic, but was thoroughly liberal. He read stories, the Blue Library, Arabian Nights, and absurd stories of all kinds. He belonged by sympathy and talent to the later period of the Romantic School, and his tale of Peter Schlemihl is a fair sample of this tendency. Its origin is as follows: During a voyage, Chamisso had lost his hat; his valise, his gloves, handkerchief, in fact everything. Fouqué asked him if he had not also lost his shadow. At another time he was reading in the novelist

Lafontaine about a man who complacently drew from his pocket all sorts of things that people demanded. Chamisso thought it would require no greater effort to draw horses and carriages from his pocket, and Peter Schlemihl was conceived. He sat down and wrote it. Originally it was a mere fantastic conceit of the poet : it proved a masterpiece of pleasantry and fantasy, even surpassing the inimitable Hoffmann in his own line. It may be justly considered too long, and the sentimental and pathetic parts cannot appeal to the reader who fails to appreciate Peter Schlemihl's extraordinary loss. The conceit may cause a smile for the moment, but reason soon objects ; worldly wisdom considers the purse of Fortunatus a sufficient recompense for the loss of a shadow. The adventures are not logical. Ariosto and the Arabian Nights create faith, but Schlemihl is a mere fantasy at best. Chamisso was too wise to attempt a second tale, being sure that he could not improve upon the first. It made a great reputation for him.

Various attempts have been made to explain the supposed hidden meaning of the tale, but without success, most probably because there is none. Hitzig's preface treats of this. The subjective element in Chamisso's nature has been called into requisition, and the trying year 1813, in which the author found himself without a country, have been urged in explanation. But we can well leave that to the curious. We can enjoy the tale without further thought.

Peter Schlemihls wundersame Geschichte.
1813.

1. Julius Eduard Hitzigs Vorrede zu Peter Schlemihl.*

Peter Schlemihl ist in einem bedeutenden Abschnitte aus dem Leben seines Dichters entstanden. Das verhängnisvolle Jahr 1813 fand Chamisso in Berlin, als die Bewegung ausbrach, die dem Herrscher seines Vaterlandes in ihren Folgen den Untergang, Deutschland die Befreiung von dessen Zwingherrschaft brachte. Wer Kraft in seinem Arm fühlte, der eilte, ihn zu waffnen für Deutschlands gute Sache. Chamisso hatte nicht allein einen kraftvollen Arm, sondern trug auch ein wahrhaft deutsches Herz in seiner Brust und befand sich dennoch in einer Lage, wie unter Millionen nicht einer.[1] Denn es galt nicht Kampf für Deutschland allein, sondern[2] auch Kampf gegen das Volk, dem er durch Geburt und Familienbande angehörte. Das setzte ihn in Verzweiflung. „Die Zeit hat kein Schwert für mich, nur für mich keins;" so seufzte er oft, und statt der Teilnahme an seiner einzigen Stellung mußte er in der Hauptstadt Preußens, dem Mittelpunkte der Verbündung gegen Napoleon und Frankreich, nur zu oft Haß und Hohn gegen seine Stammesgenossen vernehmen. Er selbst war zu billig, um das Natürliche der Motive solcher Aeußerungen zu verkennen, aber nichtsdestominder verletzten sie ihn tief, wo sie ihn trafen. Wohlmeinende Freunde beschlossen unter solchen Verhältnissen, ihn aus dem aufgeregten Berlin auf das stille Land zu entfernen; die edle gräflich Itzenplitzsche Familie bot willig ein Asyl, und Chamisso lebte in demselben nahe genug der allmählichen Entwickelung der weltgeschichtlichen Krise und doch frei von persönlich unangenehmen

* Hitzigs Vorrede hat bei diesem Abdrucke einige Abänderungen und Zusätze erfahren.

Berührungen. Auf dem kaum eine Tagereise von Berlin entfernten Gute Kunersdorf nun, wo der Dichter sich ganz der Botanik und andern Lieblingsstudien widmen konnte, war es, wo er die Idee zum Peter Schlemihl faßte und mit rascher Feder ausführte. Die Briefe aus der erwähnten Periode in dem ersten Bande von Chamissos, von dem Unterzeichneten herausgegebener Biographie legen davon Zeugnis ab. Die erste Ausgabe der unvergleichlichen Erzählung erschien mit einer Widmung, die vom 27. Mai 1813 datiert ist, 1814 und hatte sich kaum zu Anfange des nächsten Jahres 1815 Bahn zu brechen angefangen, als der Dichter für mehr als drei Jahre zu seiner Reise um die Welt, von der der Schlemihl eine merkwürdige Vorahnung enthält, Deutschland verließ. Schlemihl³ war der Abschiedsgruß an dies sein zweites Vaterland, der erste Grundstein zu dem Bau seines nachmaligen Ruhmes.

Man hat Chamisso oft mit der Frage gequält, was er mit dem Schlemihl so recht gemeint habe. Oft ergötzte ihn diese Frage, oft ärgerte sie ihn. Die Wahrheit ist, daß er wohl eigentlich keine spezielle Absicht, deren er sich so bewußt gewesen, um davon eine philiströse⁴ Rechenschaft zu geben, dabei gehabt. Das Märchen entstand, wie jedes echt poetische Werk, in ihm mit zwingender Notwendigkeit, um seiner selbst willen. „Du hast" — schrieb er an Hitzig, nachdem er die erste Hand daran gelegt — „jetzt gewiß nichts weniger von mir erwartet als ein Buch! Lies es deiner Frau vor, heute Abend, wenn sie Zeit hat. Ist sie neugierig, zu erfahren, wie es Schlemihl weiter ergangen, und besonders wer der Mann im grauen Kleide war, so schick' mir gleich morgen das Heft wieder, daß ich daran weiter schreibe; — wo nicht — so weiß ich schon, was die Glocke geschlagen hat.⁵" Kann sich ein Dichter harmloser seinem Publikum gegenüberstellen?

In der Vorrede zu der im Jahre 1833 erschienenen neuen französischen Uebersetzung macht Chamisso sich in seiner Weise über die klügelnden Fragen nach seiner eigentlichen Intention lustig. Peter Schlemihl, der bei seinem Erscheinen von der Kritik totgeschwiegen wurde,⁶ ist sofort von des Dichters Freund de la Foye ins Französische übersetzt worden; die Arbeit fand aber keinen Verleger. 1821 wollte des Dichters Bruder Hip=

polyt eine Uebersetzung wagen; am 17. März schrieb Adelbert
v. Chamisso in dieser Angelegenheit an ihn: „Ich füge hier
eine kleine Erläuterung zur Instruktion für den Uebersetzer,
sowie zur Erklärung von Eigentümlichkeiten bei. Ich glaube,
die Sprache wird keine Schwierigkeiten haben, da der Stil
leicht ist.

„Schlemihl oder besser Schlemiel ist ein hebräischer Name
und bedeutet Gottlieb, Theophil oder aimé de Dieu.* Dies
ist in der gewöhnlichen Sprache der Juden die Benennung von
ungeschickten oder unglücklichen Leuten, denen nichts in der
Welt gelingt. Ein Schlemihl bricht sich den Finger in der
Westentasche ab, er fällt auf den Rücken und bricht das Nasen=
bein, er kommt immer zur Unzeit. Schlemihl, dessen Name
sprichwörtlich geworden, ist eine Person, von der der Talmud
folgende Geschichte erzählt: Er hatte Umgang mit der Frau
eines Rabbi, läßt sich dabei ertappen und wird getötet. Die
Erläuterung stellt das Unglück dieses Schlemihl ins Licht, der
so teuer das, was jedem andern hingeht, bezahlen muß. Der
Name ist beizubehalten."

Fast in alle bedeutenden Länder Europas hat sich Peter
Schlemihl durch Uebersetzungen den Weg gebahnt. Von einer
holländischen und spanischen, auch einer russischen liegen uns
Exemplare nicht vor.

So lebt und wird Chamissos unsterbliche Erzählung fortleben
in Europa, ja, mehr als das, in der ganzen zivilisierten Welt;
denn auch Amerika besitzt den Schlemihl, indem die 1824 in
London erschienene Uebersetzung schon 1825 in Boston nach=
gedruckt worden. In Deutschland aber, seinem Geburtslande,
hat er, wie gegenwärtige Ausgabe beweist, durch die Sorgfalt
seines Verlegers die höchst ungewöhnliche Ehre erfahren, stereo=
typiert zu werden, eine Auszeichnung, die der verewigte Dichter
leider nicht mehr erlebte. Möge diese Art der unendlichen
Vervielfältigung nun auch dazu beitragen, das Andenken
Chamissos im Volke zu erhalten! Denn das Volk war es, wel=
chem zu gefallen das höchste Ziel des Dichters war, das Volk,
für welches alle Pulse des seltenen Mannes schlugen, der,

---

* Chamisso hat bei seinem Studium der französischen Mysterien jedenfalls die
Theophiluslegende kennen gelernt; dieselbe hat dann auf seine Dichtung eingewirkt.

einem der ältesten erlauchten Geschlechter Europas entsprossen, seinen Stammbaum in gerader Linie bis zu dem Jahre 1305 hinaufführend, sein ganzes Leben hindurch Befriedigung nur darin suchte und fand, ein bescheidener Bürger, ein wahrer Mann aus dem Volke zu sein.

Berlin, am 21. August 1839,
dem ersten Jahrestage von Chamissos Tode.

Julius Eduard Hitzig.

---

2. An Julius Eduard Hitzig von Adelbert von Chamisso.

Du vergissest niemanden, du wirst dich noch eines gewissen Peter Schlemihls erinnern, den du in früheren Jahren ein paarmal bei mir gesehen hast, ein langbeiniger Bursch', den man ungeschickt glaubte, weil er linkisch war, und der wegen seiner Trägheit für faul galt. Ich hatte ihn lieb, — du kannst nicht vergessen haben, Eduard, wie er uns einmal in unserer grünen Zeit durch die Sonette lief, ich brachte ihn mit auf einen der poetischen Thees, wo er mich noch während des Schreibens einschlief, ohne das Lesen abzuwarten. Nun erinnere ich mich auch eines Witzes, den du auf ihn machtest. Du hattest ihn nämlich schon, Gott weiß wo und wann, in einer alten schwarzen Kurtka[7] gesehen, die er freilich damals noch immer trug, und sagtest: „der ganze Kerl wäre glücklich zu schätzen, wenn seine Seele nur halb so unsterblich wäre, als seine Kurtka." — So wenig galt er bei euch. — Ich hatte ihn lieb. — Von diesem Schlemihl nun, den ich seit langen Jahren aus dem Gesicht verloren hatte, rührt das Heft her, das ich dir mitteilen will. — Dir nur, Eduard, meinem nächsten, innigsten Freunde, meinem bessern Ich, vor dem ich kein Geheimnis verwahren kann, theil' ich es mit, nur dir und, es versteht sich von selbst, unserm Fouqué, gleich dir in meiner Seele eingewurzelt — aber in ihm teil' ich es bloß dem Freunde mit, nicht dem Dichter. — Ihr werdet einsehen, wie unangenehm es mir sein würde, wenn etwa die Beichte, die ein ehrlicher Mann im Vertrauen auf meine Freundschaft und Redlichkeit an meiner Brust ablegt, in einem Dichterwerke an den Pranger geheftet würde, oder nur wenn überhaupt unheilig verfahren würde, wie mit einem Erzeugnis schlechten Witzes, mit einer Sache, die das nicht ist und sein darf. Freilich muß ich selbst gestehen, daß es um die Geschichte schad' ist, die unter des guten Mannes Feder nur albern geworden, daß sie nicht von einer geschickteren fremden Hand in ihrer ganzen komischen Kraft dargestellt werden kann. — Was würde nicht Jean Paul daraus gemacht haben! — Uebrigens, lieber Freund, mögen hier manche genannt sein, die noch leben; auch das will beachtet sein. —

Noch ein Wort über die Art, wie diese Blätter an mich gelangt sind. Gestern früh bei meinem Erwachen gab man sie mir ab, — ein wunderlicher Mann, der einen langen grauen Bart trug, eine ganz abgenützte schwarze Kurtka anhatte, eine botanische Kapsel darüber umgehangen, und bei dem feuchten, regnichten Wetter Pantoffeln über seine Stiefel, hatte sich nach mir erkundigt und dieses für mich hinterlassen; er hatte, aus Berlin zu kommen, vorgegeben. — — —

Kunersdorf, den 27. Sept. 1813.

Adelbert von Chamisso.

P. S. Ich lege dir eine Zeichnung* bei, die der kunstreiche Leopold, der eben an seinem Fenster stand, von der auffallenden Erscheinung entworfen hat. Als er den Wert, den ich auf diese Skizze legte, gesehen hat, hat er sie mir gerne geschenkt.

---

3. An Hitzig von Fouqué.

Bewahren, lieber Eduard, sollen wir die Geschichte des armen Schlemihl, dergestalt bewahren, daß sie vor Augen, die nicht hineinzusehen haben, beschirmt bleibe. Das ist eine schlimme Aufgabe. Es gibt solcher Augen eine ganze Menge, und welcher Sterbliche kann die Schicksale eines Manuskriptes bestimmen, eines Dinges, das beinah noch schlimmer zu hüten ist, als ein gesprochenes Wort. Da mach' ich's denn wie ein

---

* Das hier erwähnte Bild befand sich bei den ersten Ausgaben des Schlemihl.

Schwindelnder, der in der Angst lieber gleich in den Abgrund springt: ich lasse die ganze Geschichte drucken.

Und doch, Eduard, es gibt ernstere und bessere Gründe für mein Benehmen. Es trügt mich alles, oder in unserm lieben Deutschlande schlagen der Herzen viel,⁸ die den armen Schlemihl zu verstehen fähig sind und auch wert, und über manch eines echten Landsmannes Gesicht wird bei dem herben Scherz, den das Leben mit ihm, und bei dem arglosen, den er mit sich selbst treibt, ein gerührtes Lächeln ziehn. Und du, mein Eduard, wenn du das grundehrliche Buch ansiehst und dabei denkst, daß viele unbekannte Herzensverwandte es mit uns lieben lernen, fühlst auch vielleicht einen Balsamtropfen in die heiße Wunde fallen, die dir und allen, die dich lieben, der Tod geschlagen hat.

Und endlich: es gibt — ich habe mich durch mannigfache Erfahrung davon überzeugt — es gibt für die gedruckten Bücher einen Genius, der sie in die rechten Hände bringt und, wenn nicht immer, doch sehr oft die unrechten davon abhält. Auf allen Fall hat er ein unsichtbares Vorhängschloß vor jedwedem echten Geistes= und Gemütswerke und weiß mit einer ganz untrüglichen Geschicklichkeit auf= und zuzuschließen.

Diesem Genius, mein sehr lieber Schlemihl, vertraue ich dein Lächeln und deine Thränen an, und somit Gott be= fohlen!

Nennhausen, Ende Mai 1814.

Fouqué.

---

4. An Fouqué von Hitzig.

Da haben wir denn nun die Folgen deines verzweifelten Ent= schlusses, die Schlemihlshistorie, die wir als ein bloß uns anvertrautes Geheimnis bewahren sollten, drucken zu lassen, daß sie nicht allein Franzosen und Engländer, Holländer und Spanier übersetzt, Amerikaner aber den Engländern nach= gedruckt, wie ich dies alles in meinem gelehrten Berlin des Breiteren⁹ gemeldet; sondern daß auch für unser liebes Deutsch= land eine neue Ausgabe, mit den Zeichnungen der englischen, die der berühmte Cruikshank nach dem Leben entworfen,

veranstaltet wird, wodurch die Sache unstreitig noch viel mehr
herum kommt. Hielte ich dich nicht für dein eigenmächtiges
Verfahren — denn mir hast du 1814 ja kein Wort von der
Herausgabe des Manuskripts gesagt — hinlänglich dadurch
bestraft, daß unser **Chamisso** bei seiner Weltumsegelei, in
den Jahren 1815 bis 1818, sich gewiß in Chili und Kamt-
schatka und wohl gar bei seinem Freunde, dem seligen **Tameiameia** auf O-Wahu,¹⁶ darüber beklagt haben wird,
so forderte **ich** noch jetzt öffentlich Rechenschaft darüber von dir.

Indes — auch hievon abgesehn — geschehn ist geschehn, und
Recht hast **du** auch darin gehabt, daß viele, viele Befreundete
in den dreizehn verhängnisvollen Jahren, **seit es das** Licht der
Welt erblickte, **das** Büchlein mit **uns** lieb gewonnen. Nie
werde ich die Stunde vergessen, in welcher ich es **Hoffmann
zuerst** vorlas. Außer sich vor Vergnügen und Spannung, hing
er an meinen Lippen, bis ich vollendet hatte; nicht erwarten
konnte er, die persönliche Bekanntschaft des Dichters zu machen,
und, sonst jeder Nachahmung so abhold, widerstand er doch der
Versuchung nicht, die Idee des verlornen Schattens in seiner
Erzählung: Die Abenteuer der Sylvesternacht,* durch das
verlorne Spiegelbild des Erasmus Spikher, ziemlich unglücklich
zu variieren. Ja — unter die Kinder hat sich unsre wundersame Historie ihre Bahn zu brechen gewußt; denn als ich einst,
an einem hellen Winterabend, mit ihrem Erzähler die Burg-
straße hinaufging und er einen über ihn lachenden, auf der
Glitschbahn beschäftigten Jungen unter seinen dir wohlbekannten
Bärenmantel nahm und fortschleppte, hielt dieser ganz stille;
da **er** aber wieder auf den Boden niedergesetzt war und in
gehöriger Ferne von den, als ob nichts geschehen wäre, Weiter-
gegangenen, rief **er** mit lauter Stimme seinem Räuber nach:
„Warte nur, Peter Schlemihl!"

So, denke ich, wird der ehrliche Kauz auch in seinem neuen,
zierlichen Gewande viele erfreuen, die ihn in der einfachen
Kurtka von 1814 nicht gesehen; diesen und jenen aber es außerdem noch überraschend sein, in dem botanisierenden, welt-
umschiffenden, ehemals wohlbestallten königlich preußischen Offi-

---

* Phantasiestücke in Callots Manier, im letzten Teil. Vergl. auch: Aus Hoff-
manns Leben und Nachlaß.

zier, auch Historiographen des berühmten Peter Schlemihl, nebenher einen Lyriker kennen zu lernen,* der, er möge malayische oder litauische Weisen anstimmen, überall darthut, daß er das poetische Herz auf der rechten Stelle hat:

Darum, lieber Fouqué, sei dir am Ende denn doch noch herzlich gedankt für die Veranstaltung der ersten Ausgabe, und empfange mit unsern Freunden meinen Glückwunsch zu dieser zweiten.

Berlin, im Januar 1827.

Eduard Hitzig.

5. Vorrede Chamissos zur französischen Ueberfetzung.
1838.

Ce petit livre n'est pas une nouveauté. Il a été imprimé pour la première fois en allemand en 1814. Les éditions, les traductions, les imitations, les contrefactions s'en sont depuis multipliées dans presque toutes les langues de l'Europe, et il est devenu populaire surtout en Angleterre et dans les Etats-unis.

J'ai revu, corrigé et approuvé la version que l'on va lire, et qui, ultérieurement corrigée par l'éditeur, a paru en 1822 à Paris chez Ladvocat. Je reviens de la revoir et de la corriger encore avant de la remettre au libraire qui me l'a demandée. Je ne laisserai pas toutefois de réclamer l'indulgence des lecteurs pour mon style tant soit peu germanique : le français n'est pas la langue que j'ai coutume d'écrire.

J'extrairai de la correspondance entre J. E. Hitzig, Fouqué et moi, imprimée en tête des éditions allemandes, quelques notices sur l'auteur et le manuscript dont il m'avait rendu dépositaire.

J'ai connu Pierre Schlémihl en 1804 à Berlin : c'était un grand jeune homme gauche, sans être maladroit, inerte, sans être paresseux, le plus souvent renfermé en lui-

---

* Die zweite Ausgabe des Peter Schlemihl hatte einen Anhang von Liedern und Balladen des Dichters, worauf sich dies bezog.

même sans paraître s'inquiéter de ce qui se passait autour de lui, inoffensif **mais** sans égard pour les convenances, **et** toujours vêtu d'une vieille Kurtke noire rapée qui avait fait dire de lui, qu'il devrait s'estimer heureux si son **âme** partageait **à** demi l'immortalité de sa casaque. Il **était** habituellement **en but aux** sarcasmes de nos amis; cependant **je l'avais pris en** affection, **moi**: plusieurs traits de **ressemblance avaient établi un** attrait mutuel entre nous.

J'habitais en 1813 **à la** campagne près **de** Berlin, et séparé de Schlémihl par les événements, **je l'avais depuis** longtemps **perdu** de vue, lorsqu'un matin **brumeux d'automne ayant** dormi tard, j'appris **à** mon réveil qu'un homme **à** longue barbe, vêtu d'une vieille Kurtke noire **rapée** et portant des pantoufles par-dessus **ses** bottes, **s'était** informé de moi et avait laissé un paquet à mon adresse. — Ce paquet contenait le manuscript autographe de **la** merveilleuse histoire de Pierre Schlémihl.

Un **ami** plus matinal que **moi avait** de sa fenêtre aperçu **l'étranger**, et frappé de son apparence bizarre, en avait crayonné le portrait. **C'est** lui qu'**on** retrouvera devant ce livre.

J'ai mal **usé de la** confiance de mon malheureux ami. J'ai laissé voir le manuscript que j'aurais dû tenir caché, et Fouqué **a commis** l'indiscrétion de le faire imprimer. Je n'ai pu dès-lors qu'en **soigner** les éditions. J'ai porté la peine de ma faute; **on** m'a associé à la honte de Schlémihl que j'avais contribuée à divulguer. Cependant j'ai vieilli depuis lors et, retiré du monde, le respect humain n'a plus d'empire **sur moi**. J'avoue aujourd'hui sans hésiter l'amitié, **que j'ai** eue pour Pierre Schlémihl.

Cette histoire est tombée entre **les** mains de gens réfléchis qui, accoutumés à ne lire que pour leur instruction, se sont inquiétés de savoir ce que c'était que l'ombre. Plusieurs on fait à ce sujet des hypothèses fort curieuses; d'autres, me faisant l'honneur de me supposer plus instruit que je ne l'étais, se sont adressés à moi pour en obtenir la solution de leurs doutes. Les questions dont j'ai été assiégé m'ont fait rougir de mon ignorance. Elles m'ont déterminé à comprendre dans le cercle de mes études un objet qui jusque-là leur était resté étranger, et je me suis livré à de savantes recherches dont je consignerai ici le résultat.

De l'ombre.

Un corps opaque ne peut jamais être éclairé qu'en partie par un corps lumineux, et l'espace privé de lumière qui est situé du côté de la partie non éclairée, est ce qu'on appelle ‚ombre.' Ainsi ‚l'ombre' proprement dite, représente un solide dont la forme dépend à la fois de celle du corps lumineux, de celle du corps opaque, et de la position de celui-ci à l'égard du corps lumineux."
L'ombre considérée sur un plan situé derrière le corps opaque qui la produit, n'est autre chose que la section de ce plan dans le solide qui représente l'ombre."

Haüy, Traité élémentaire de physique,
T. II. §§ 1002 et 1006.

C'est donc de ce solide dont il est question dans la merveilleuse histoire de Pierre Schlémihl. La science de la finance nous instruit assez de l'importance de l'argent, celle de l'ombre est moins généralement reconnue. Mon imprudent ami a convoité l'argent dont il connaissait le prix et n'a pas songé au solide. La leçon qu'il a chèrement payée, il veut qu'elle nous profite et son expérience nous crie : songez au solide.

BERLIN, en Novembre 1837.

ADELBERT DE CHAMISSO.

Peter Schlemihls' wundersame Geschichte.

I.

Nach einer glücklichen, jedoch für mich sehr beschwerlichen Seefahrt erreichten wir endlich den Hafen. Sobald ich mit dem Boote ans Land kam, belud ich mich selbst mit meiner kleinen Habseligkeit, und durch das wimmelnde Volk mich drängend, ging ich in das nächste, geringste Haus hinein, vor welchem ich ein Schild hängen sah. Ich begehrte ein Zimmer, der Hausknecht maß mich mit einem Blick und führte mich unters Dach.² Ich ließ mir frisches Wasser geben und genau beschreiben,³ wo ich den Herrn Thomas John aufzusuchen habe: — „Vor dem Norderthor,⁴ das erste Landhaus zur rechten Hand, ein großes, neues Haus, von rot und weißem⁵ Marmor mit vielen Säulen." Gut. — Es war noch früh an der Zeit, ich schnürte sogleich mein Bündel auf, nahm meinen neu gewandten schwarzen Rock heraus, zog mich reinlich an in meine besten Kleider, steckte das Empfehlungsschreiben zu mir⁶ und setzte mich alsbald auf den Weg zu dem Manne, der mir bei meinen bescheidenen Hoffnungen förderlich sein sollte.

Nachdem ich die lange Norderstraße hinaufgestiegen⁷ und das Thor erreicht,⁸ sah ich bald die Säulen durch das Grüne schimmern — „also hier," dacht' ich. Ich wischte den Staub von meinen Füßen mit meinem Schnupftuch ab, setzte mein Halstuch in Ordnung und zog in Gottes Namen⁹ die Klingel. Die Thür sprang auf. Auf dem Flur hatt' ich ein Verhör zu bestehn, der Portier⁹ ließ mich aber anmelden, und ich hatte die Ehre, in den Park gerufen zu werden, wo Herr John mit einer kleinen Gesellschaft sich erging. Ich erkannte gleich den Mann am Glanze seiner wohlbeleibten Selbstzufriedenheit. Er empfing mich sehr gut, wie ein Reicher einen armen Teufel, wandte sich sogar gegen mich, ohne sich jedoch von der übrigen Gesellschaft abzuwenden, und nahm mir den dargehaltenen Brief aus der Hand. — „So, so! von meinem Bruder, ich habe lange nichts von ihm gehört. Er ist doch[10] gesund? — Dort," fuhr er gegen die Gesellschaft fort, ohne die Antwort zu erwarten, und wies mit dem Brief auf einen Hügel, „dort lasse ich das neue Gebäude aufführen." Er brach das Siegel auf und das Gespräch nicht ab,[11] das sich auf den Reichtum lenkte. „Wer nicht Herr ist wenigstens einer Million," warf er hinein, „der ist, man verzeihe mir das Wort, ein Schuft!" — „O wie wahr!" rief ich aus mit vollem überströmenden Gefühl. Das mußte ihm gefallen, er lächelte mich an und sagte: „Bleiben Sie hier, lieber Freund, nachher hab'[12] ich vielleicht Zeit, Ihnen zu sagen, was ich hiezu denke," er deutete auf den Brief, den er sodann einsteckte, und wandte sich wieder zu der Gesellschaft. — Er bot einer jungen Dame den Arm, andere Herren bemühten sich um andere Schönen, es fand sich, was sich paßte,[13] und man wallte dem rosenumblühten Hügel zu.

Ich schlich hinterher, ohne jemandem beschwerlich zu fallen, denn keine Seele bekümmerte sich weiter um mich. Die Gesellschaft war sehr aufgeräumt, es ward getändelt und gescherzt,[14] man sprach zuweilen von leichtsinnigen Dingen wichtig, von wichtigen öfters leichtsinnig, und gemächlich erging besonders der Witz über abwesende Freunde und deren Verhältnisse. Ich war da zu fremd, um von alledem vieles zu verstehen, zu bekümmert und in mich gekehrt, um den Sinn auf solche Rätsel zu haben.

Wir hatten den Rosenhain erreicht. Die schöne Fanny,

wie es schien, die Herrin des Tages,¹⁵ wollte aus Eigensinn einen blühenden Zweig selbst brechen, sie verletzte sich an einem Dorn, und wie von den dunklen Rosen, floß Purpur auf ihre zarte Hand. Dieses Ereigniß brachte die ganze Gesellschaft in Bewegung. Es wurde Englisch¹⁶ Pflaster gesucht. Ein stiller, dünner, hagerer, länglichter, ältlicher Mann, der neben mit= ging und den ich noch nicht bemerkt hatte, steckte sogleich die Hand in die knapp anliegende Schoßtasche seines altfränkischen,¹⁷ grautaffetenen Rockes, brachte eine kleine Brieftasche daraus hervor, öffnete sie und reichte der Dame mit devoter¹⁸ Ver= beugung das Verlangte.¹⁹ Sie empfing es ohne Aufmerksamkeit für den Geber und ohne Dank, die Wunde ward verbunden, und man ging weiter den Hügel hinan, von dessen Rücken man die weite Aussicht über das grüne Labyrinth des Parkes nach dem unermeßlichen Ozean genießen wollte.

Der Anblick war wirklich groß und herrlich. Ein lichter Punkt erschien am Horizont zwischen der dunklen Flut und der Bläue des Himmels. „Ein Fernrohr her²⁰!" rief J o h n, und noch bevor das auf den Ruf erscheinende Dienervolk in Be= wegung kam, hatte der graue Mann, bescheiden sich verneigend, die Hand schon in die Rocktasche gesteckt, daraus einen schönen Dollond²¹ hervorgezogen und es dem Herrn J o h n eingehändigt. Dieser, es sogleich an das Aug' bringend, benachrichtigte die Gesellschaft, es sei das Schiff, das gestern ausgelaufen und das widrige Winde im Angesicht des Hafens zurückhielten. Das Fernrohr ging von Hand zu Hand, und nicht wieder in die des Eigentümers; ich aber sah verwundert den Mann an und wußte nicht, wie die große Maschine aus der winzigen Tasche herausgekommen war; es schien aber niemandem aufgefallen zu sein, und man bekümmerte sich nicht mehr um den grauen Mann, als um mich selber.

Erfrischungen wurden gereicht, das seltenste Obst aller Zonen in den kostbarsten Gefäßen. Herr J o h n machte die Honneurs[22] mit leichtem Anstand und richtete da zum zweitenmal ein Wort an mich: „Essen Sie nur;[23] das haben Sie auf der See nicht gehabt." Ich verbeugte mich, aber er sah es nicht, er sprach schon mit jemand anderem.

Man hätte sich gern auf den Rasen, am Abhange des Hügels, der ausgespannten Landschaft gegenüber gelagert, hätte man die Feuchtigkeit der Erde nicht gescheut. Es wäre göttlich, meinte wer aus der Gesellschaft,[24] wenn man türkische Teppiche hätte, sie hier auszubreiten. Der Wunsch war nicht sobald ausgesprochen, als schon der Mann im grauen Rock die Hand in der Tasche hatte und mit bescheidener, ja demütiger Gebärde einen reichen, goldburchwirkten türkischen Teppich daraus zu ziehen bemüht war. Bediente nahmen ihn in Empfang, als müsse es so sein,[25] und entfalteten ihn am begehrten Orte. Die Gesellschaft nahm ohne Umstände Platz darauf; ich wiederum sah betroffen den Mann, die Tasche, den Teppich an, der über zwanzig Schritte in der Länge und zehn in der Breite maß, und rieb mir die Augen, nicht wissend, was ich dazu denken sollte, besonders da niemand etwas Merkwürdiges darin fand.

Ich hätte gern Aufschluß über den Mann gehabt und gefragt, wer es sei, nur wußt' ich nicht, an wen ich mich richten sollte, denn ich fürchtete mich fast noch mehr vor den Herren Bedienten, als vor den bedienten Herren. Ich faßte endlich ein Herz und trat an einen jungen Mann heran, der mir von minderem Ansehen schien, als die andern, und der öfter allein gestanden hatte. Ich bat ihn leise, mir zu sagen, wer der gefällige Mann sei dort im grauen Kleide. — „Dieser, der wie ein Ende Zwirn aussieht, der einem Schneider aus der Nadel entlaufen ist?" — „Ja, der allein steht" — „Den kenn' ich nicht," gab er mir zur Antwort, und wie es schien, eine längere

Unterhaltung mit mir zu vermeiden, wandt' er sich weg und sprach von gleichgültigen Dingen mit einem andern.

Die Sonne fing jetzt stärker zu scheinen an und ward den Damen beschwerlich; **die schöne Fanny** richtete nachlässig an **den grauen Mann,** den, soviel ich weiß, noch niemand angeredet hatte, die leichtsinnige Frage: ob er nicht auch vielleicht **ein Zelt bei sich habe**? Er beantwortete sie durch eine so tiefe Verbeugung, als widerführe ihm eine unverdiente Ehre, und hatte schon die Hand in der Tasche, aus der ich Zeuge, Stangen, Schnüre, Eisenwerk, kurz alles, was zu dem prachtvollsten Lustzelt²⁶ gehört, herauskommen sah. Die jungen Herren halfen es ausspannen, und es überhing die ganze Ausdehnung des Teppichs — und keiner fand noch etwas Außerordentliches darin. —

Mir war schon lange unheimlich, ja graulich zu Mute,²⁷ wie ward mir vollends, als beim nächst ausgesprochenen Wunsch ich ihn noch aus seiner Tasche **drei Reitpferde, ich** sage dir, drei schöne, große Rappen mit Sattel und Zeug herausziehen sah! — denke dir, um Gottes willen! drei gesattelte Pferde noch aus derselben Tasche, woraus schon eine Brieftasche, ein Fernrohr, ein **gewirkter** Teppich, zwanzig Schritte lang und zehn breit, ein Lustzelt von derselben Größe, und alle dazu gehörigen Stangen und Eisen herausgekommen waren! — Wenn ich dir nicht beteuerte, es selbst mit eigenen Augen angesehen zu haben, würdest du es gewiß nicht glauben. —

So verlegen und demütig der Mann selbst zu sein schien, so wenig Aufmerksamkeit ihm auch die andern schenkten, so²⁸ ward mir doch seine blasse Erscheinung, von der ich kein Auge abwenden konnte, so schauerlich, daß ich sie nicht länger ertragen konnte.

Ich beschloß, mich aus der Gesellschaft zu stehlen, was bei der unbedeutenden Rolle, die ich darinnen spielte, mir ein

Leichtes schien. Ich wollte nach der Stadt zurückkehren, am andern Morgen mein Glück beim Herrn John wieder versuchen und, wenn ich den Mut dazu fände, ihn über den seltsamen grauen Mann befragen. — Wäre es mir nur so zu entkommen geglückt!

Ich hatte mich schon wirklich durch den Rosenhain, den Hügel hinab, glücklich geschlichen und befand mich auf einem freien Rasenplatz, als ich aus Furcht, außer den Wegen durchs Gras gehend angetroffen zu werden, einen forschenden Blick um mich warf. — Wie erschrak ich, als ich den Mann im grauen Rock hinter mir her und auf mich zukommen sah. Er nahm sogleich den Hut vor mir ab und verneigte sich so tief, als noch niemand vor mir gethan hatte. Es war kein Zweifel, er wollte mich anreden, und ich konnte, ohne grob zu sein, es nicht vermeiden. Ich nahm den Hut auch ab, verneigte mich wieder und stand da in der Sonne mit bloßem Haupt wie angewurzelt. Ich sah ihn voller Furcht[29] stier an und war wie ein Vogel, den eine Schlange gebannt hat.[30] Er selber schien sehr verlegen zu sein; er hob den Blick nicht auf, verbeugte sich zu verschiedenenmalen, trat näher und redete mich an mit leiser, unsicherer Stimme, ungefähr im Tone eines Bettelnden.

„Möge der Herr meine Zudringlichkeit entschuldigen, wenn ich es wage, ihn so unbekannterweise aufzusuchen, ich habe eine Bitte an ihn. Vergönnen Sie gnädigst — " — „Aber um Gottes willen, mein Herr!" brach ich in meiner Angst aus, „was kann ich für einen Mann thun, der — " wir stutzten beide und wurden, wie mir deucht,[31] rot.

Er nahm nach einem Augenblick des Schweigens wieder das Wort: „Während der kurzen Zeit, wo ich das Glück genoß, mich in Ihrer Nähe zu befinden, hab' ich, mein Herr, einigemal — erlauben Sie, daß ich es Ihnen sage — wirklich mit unaussprechlicher Bewunderung den schönen, schönen Schatten betrachten können, den Sie in der Sonne und gleichsam mit einer gewissen edlen Verachtung, ohne selbst darauf zu merken, von sich werfen, den herrlichen Schatten da zu Ihren Füßen. Verzeihen Sie mir die freilich kühne Zumutung. Sollten Sie sich wohl nicht abgeneigt finden, mir diesen Ihren Schatten zu überlassen?"

Er schwieg, **und mir ging's** wie ein **Mühlrad** im Kopfe herum.³² Was sollt' ich aus dem seltsamen Antrag machen, **mir meinen Schatten abzukaufen?** er muß verrückt sein, dacht' ich, **und mit verändertem Tone, der zu der Demut des seinigen besser paßte, erwiderte ich also:**

„**Ei, ei!** guter Freund, habt **Ihr denn** nicht an Eurem eignen Schatten genug? das heiß' ich mir³³ einen Handel von einer ganz absonderlichen Sorte." Er fiel sogleich wieder ein: „Ich hab' in meiner Tasche manches, was dem Herrn nicht ganz unwert scheinen möchte; für diesen unschätzbaren Schatten halt' ich den höchsten Preis zu gering."

Nun überfiel es mich wieder kalt,³⁴ da ich an die Tasche erinnert ward, und ich wußte nicht, wie ich ihn hatte guter Freund³⁵ nennen können. **Ich nahm** wieder das Wort und suchte es, wo möglich, mit unendlicher Höflichkeit wieder gut zu machen.

„Aber, mein Herr, verzeihen Sie Ihrem unterthänigsten **Knecht.** Ich verstehe wohl Ihre Meinung nicht³⁶ ganz gut, wie **könnt' ich nur** meinen Schatten — —" Er unterbrach mich: „Ich erbitte mir nur Dero³⁷ Erlaubnis, hier auf der Stelle diesen edlen Schatten aufheben zu dürfen und zu mir zu stecken; wie ich das mache, sei meine Sorge. Dagegen als Beweis meiner Erkenntlichkeit gegen den Herrn überlasse ich ihm die Wahl unter allen Kleinodien, die ich in der Tasche bei mir führe: die **echte** Springwurzel,³⁸ die Alraunwurzel, Wechselpfennige, Raubthaler, das Tellertuch von Rolands Knappen, ein Galgenmännlein zu beliebigem Preis; doch, das wird wohl nichts für

Sie sein: besser, Fortunati Wünschhütlein, neu und haltbar wieder restauriert; auch ein Glücksäckel, wie der seine gewesen." — „Fortunati Glückssäckel," fiel ich ihm in die Rede, und wie groß meine Angst auch war, hatte er mit dem einen Wort meinen ganzen Sinn gefangen. Ich bekam einen Schwindel, und es flimmerte mir wie doppelte Dukaten vor den Augen. —

„Belieben gnädigst der Herr³⁹ diesen Säckel zu besichtigen und zu erproben." Er steckte die Hand in die Tasche und zog einen mäßig großen, festgenähten Beutel, von starkem Korduanleder,⁴⁰ an zwei tüchtigen ledernen Schnüren heraus und händigte mir selbigen ein. Ich griff hinein und zog zehn Goldstücke daraus, und wieder zehn, und wieder zehn, und wieder zehn; ich hielt ihm schnell die Hand hin: „Topp! der Handel gilt, für den Beutel haben Sie meinen Schatten!" Er schlug ein, kniete dann ungesäumt vor mir nieder, und mit einer bewunders-

wundersame Geschichte.

würdigen Geschicklichkeit sah ich ihn meinen Schatten, vom Kopf bis zu meinen Füßen, leise von dem Grase lösen, aufheben, zusammenrollen und falten und zuletzt einstecken. Er stand auf, verbeugte sich noch einmal vor mir und zog sich nach dem Rosen= gebüsche zurück. Mich dünkt', ich hörte ihn da leise für sich lachen. Ich aber hielt **den Beutel bei den** Schnüren fest, rund um mich her war die Erde sonnenhell, und in mir war noch keine Besinnung.

II.

Ich kam endlich wieder zu Sinnen und eilte, diesen Ort zu verlassen, wo ich hoffentlich nichts mehr zu thun hatte. Ich füllte erst meine Taschen mit Gold, dann band ich mir die Schnüre des Beutels um den Hals fest und verbarg ihn selbst auf meiner Brust. Ich kam unbeachtet aus dem Park, er= reichte die Landstraße und nahm meinen Weg nach der Stadt. Wie ich in Gedanken dem Thore zuging, hört' ich hinter mir schreien: „Junger Herr! he! junger Herr! hören Sie doch!" — Ich sah mich um, ein altes Weib rief mir nach: „Sehe sich der Herr doch vor, Sie haben Ihren Schatten verloren!" — „Danke, Mütterchen!" — ich warf ihr ein Goldstück für den wohlgemeinten Rat hin und trat unter die Bäume. Am Thore mußt' ich gleich wieder von der Schildwacht= hören: „Wo hat der Herr seinen Schatten gelassen?" und gleich wieder darauf von ein paar Frauen: „Jesus Maria! der arme Mensch hat keinen Schatten!" Das fing an, mich zu verdrießen, und ich vermied sehr sorgfältig, in die Sonne zu treten. Das ging aber nicht überall an, zum Beispiel nicht über die Breitestraße, die ich zunächst durchkreuzen mußte, und zwar, zu meinem Unheil, in eben der Stunde, wo die Knaben aus der Schule gingen. Ein verdammter buckeliger Schlingel, ich seh' ihn noch, hatte es gleich weg,² daß mir ein Schatten fehle. Er verriet mich mit großem Geschrei der sämtlichen litterarischen Straßenjugend der Vorstadt, welche sofort mich zu rezensieren und mit Kot zu bewerfen anfing. „Ordentliche Leute pflegten ihren Schatten mit sich zu nehmen, wenn sie in die Sonne gingen." Um sie von mir abzuwehren, warf ich Gold zu vollen Händen unter sie und sprang in einen Mietswagen, zu dem mir mitleidige Seelen verhalfen.

Sobald ich mich in der rollenden Kutsche allein fand, fing ich bitterlich an zu weinen. Es mußte schon die Ahnung in mir aufsteigen: daß, um soviel das Gold auf Erden Verdienst und Tugend überwiegt, um soviel der Schatten höher als selbst das Gold geschätzt werde'; und wie ich früher den Reichtum meinem Gewissen aufgeopfert, hatte ich jetzt den Schatten für bloßes Gold hingegeben; was konnte, was sollte auf Erden aus mir werden!

Ich war noch sehr verstört, als der Wagen vor meinem alten Wirtshause hielt; ich erschrak über die Vorstellung, nur noch jenes schlechte Dachzimmer zu betreten. Ich ließ mir meine Sachen herabholen, empfing den ärmlichen Bündel mit Verachtung, warf einige Goldstücke hin und befahl, vor das vornehmste Hotel vorzufahren. Das Haus war gegen Norden gelegen, ich hatte die Sonne nicht zu fürchten. Ich schickte den Kutscher mit Gold weg, ließ mir die besten Zimmer vorn heraus anweisen und verschloß mich darin, sobald ich konnte.

Was denkest du, daß ich nun anfing? — O mein lieber Chamisso, selbst vor dir es zu gestehen, macht mich erröten. Ich zog den unglücklichen Säckel aus meiner Brust hervor, und mit einer Art Wut, die, wie eine flackernde Feuersbrunst, sich in mir durch sich selbst mehrte, zog ich Gold daraus, und Gold, und Gold, und immer mehr Gold, und streute es auf den Estrich, und schritt darüber hin, und ließ es klirren, und warf, mein armes Herz an dem Glanze, an dem Klange weidend, immer des Metalles mehr zu dem Metalle,' bis ich ermüdet selbst auf das reiche Lager sank und schwelgend darin wühlte, mich darüber wälzte. So verging der Tag, der Abend, ich schloß meine Thüre nicht auf, die Nacht fand mich liegend auf dem Golde, und darauf übermannte mich der Schlaf.

Da träumt' es mir von dir, es ward mir, als stünde ich hinter der Glasthüre deines kleinen Zimmers und sähe dich von da an deinem Arbeitstische zwischen einem Skelett und einem Bunde getrockneter Pflanzen sitzen, vor dir waren Haller, Humboldt und Linné⁶ aufgeschlagen, auf deinem Sofa lagen ein Band Goethe und der Zauberring,⁷ ich betrachtete dich lange und jedes Ding in deiner Stube, und dann dich wieder, du rührtest dich aber nicht, du holtest auch nicht Atem, du warst tot.

Ich erwachte. Es schien noch sehr früh zu sein. Meine Uhr stand. Ich war wie zerschlagen, durstig und hungrig auch noch; ich hatte seit dem vorigen Morgen nichts gegessen. Ich stieß von mir mit Unwillen und Ueberdruß dieses Gold, an dem ich kurz vorher mein thörichtes Herz gesättiget; nun wußt' ich ver= drießlich nicht, was ich damit anfangen sollte. Es durfte nicht so liegen bleiben — ich versuchte, ob es der Beutel wieder ver= schlingen wollte — nein. Keines meiner Fenster öffnete sich über die See. Ich mußte mich bequemen, es mühsam und mit sauerm Schweiß zu einem großen Schrank, der in einem Kabi= nett stand, zu schleppen und es darin zu verpacken. Ich ließ nur einige Handvoll da liegen. Nachdem ich mit der Arbeit fertig geworden, legt' ich mich erschöpft in einen Lehnstuhl und erwartete, daß sich Leute im Hause zu regen anfingen. Ich ließ, sobald es möglich war, zu essen bringen und den Wirt zu mir kommen.

Ich besprach mit diesem Manne die künftige Einrichtung

meines Hauses. Er empfahl mir für den näheren Dienst um meine Person einen gewissen **Bendel**, dessen treue und verständige Physiognomie mich gleich gewann. Derselbe war's, dessen Anhänglichkeit mich seither tröstend durch das Elend des Lebens begleitete und mir mein düsteres Los ertragen half. Ich brachte den ganzen Tag auf meinen Zimmern mit herrenlosen Knechten, Schustern, Schneidern und Kaufleuten zu, ich richtete mich ein und kaufte besonders sehr viele Kostbarkeiten und Edelsteine, um nur etwas des vielen aufgespeicherten Goldes[8] los zu werden; es schien aber gar nicht, als könne der Haufen sich vermindern.

Ich schwebte indes über meinen Zustand in den ängstigendsten Zweifeln. Ich wagte keinen Schritt aus meiner Thür und ließ abends vierzig Wachskerzen in meinem Saal anzünden, bevor ich aus dem Dunkel herauskam. Ich gedachte mit Grauen des fürchterlichen Auftrittes mit den Schulknaben. Ich beschloß, so viel Mut ich auch dazu bedurfte, die öffentliche Meinung noch einmal zu prüfen. — Die Nächte waren zu der Zeit mondhell. Abends spät warf ich einen weiten Mantel um, drückte mir den Hut tief in die Augen und schlich, zitternd wie ein Verbrecher, aus dem Hause. Erst auf einem entlegenen Platz trat ich aus dem Schatten der Häuser, in deren Schutz ich so weit gekommen war, an das Mondeslicht[9] hervor, gefaßt, mein Schicksal aus dem Munde der Vorübergehenden zu vernehmen.

Erspare mir, lieber Freund, die schmerzliche Wiederholung alles dessen, was ich erdulden mußte. Die Frauen bezeigten oft das tiefste Mitleid, das ich ihnen einflößte; Aeußerungen, die mir die Seele nicht minder durchbohrten, als der Hohn der Jugend und die hochmütige Verachtung der Männer, besonders solcher dicken, wohlbeleibten, die selbst einen breiten Schatten warfen. Ein schönes, holdes Mädchen, die,[10] wie es schien, ihre Eltern begleitete, indem diese bedächtig nur vor ihre Füße

sahen, wandte von ungefähr ihr leuchtendes Auge auf mich; sie
erschrak sichtbarlich, da sie meine Schattenlosigkeit bemerkte,
verhüllte ihr schönes Antlitz in ihren Schleier, ließ den Kopf
sinken und ging lautlos **vorüber.**

Ich ertrug es länger nicht. Salzige Ströme brachen aus
meinen Augen, und mit durchschnittenem Herzen zog ich mich
schwankend ins Dunkel zurück. Ich mußte mich an den Häusern
halten, um meine Schritte zu sichern,¹¹ und erreichte langsam und
spät meine Wohnung.

Ich brachte die Nacht schlaflos **zu.** Am andern Tage war
meine erste Sorge, nach dem Manne im grauen Rocke überall
suchen zu lassen. Vielleicht sollte es mir gelingen,¹² ihn wieder
zu finden, und wie glücklich! wenn ihn, wie mich, der thörichte
Handel gereuen sollte. Ich ließ B e n d e l vor mich kommen,
er schien Gewandtheit und Geschick zu besitzen, — ich schilderte
ihm genau den Mann, in dessen Besitz ein Schatz sich befand,
ohne den mir das Leben nur eine Qual **sei.** Ich sagte ihm die
Zeit, den Ort, **wo** ich ihn gesehen; beschrieb ihm alle, die
zugegen gewesen, und fügte dieses Zeichen noch hinzu: **er** solle
sich nach einem Dollondschen Fernrohr, **nach** einem golddurch-
wirkten türkischen Teppich, nach einem Prachtlustzelt und endlich
nach **den** schwarzen Reithengsten **genau** erkundigen, **deren** Geschichte, ohne zu bestimmen wie, mit der des rätselhaften Mannes
zusammenhinge, welcher allen unbedeutend geschienen und dessen
Erscheinung die Ruhe und das Glück meines Lebens zerstört hatte.

Wie ich ausgeredet, holt' ich Gold her, eine Last, **wie** ich sie
nur zu tragen vermochte, und legte Edelsteine und Juwelen noch
hinzu für einen größern Wert. „B e n d e l," sprach ich, „dieses
ebnet viele Wege und macht vieles leicht, was unmöglich schien;
sei nicht karg damit, wie ich es nicht bin, sondern geh und erfreue
deinen Herrn mit Nachrichten, auf denen seine alleinige Hoffnung beruht."

Er ging. Spät kam er und traurig zurück. Keiner von den Leuten des Herrn John, keiner von seinen Gästen, er hatte alle gesprochen, wußte sich nur entfernt an den Mann im grauen Rocke zu erinnern. Das neue Teleskop war da, und keiner wußte, wo es hergekommen; der Teppich, das Zelt waren da noch auf demselben Hügel ausgebreitet und aufgeschlagen, die Knechte rühmten den Reichtum ihres Herrn, und keiner wußte, von wannen diese neuen Kostbarkeiten ihm zugekommen. Er selbst hatte sein Wohlgefallen daran, und ihn kümmerte es nicht, daß er nicht wisse, woher er sie habe; die Pferde hatten die jungen Herren, die sie geritten, in ihren Ställen, und sie priesen die Freigebigkeit des Herrn John, der sie ihnen an jenem Tage geschenkt. So viel erhellte aus der ausführlichen Erzählung Bendels, dessen rascher Eifer und verständige Führung, auch bei so fruchtlosem Erfolge, mein verdientes Lob erhielten. Ich winkte ihm düster, mich allein zu lassen.

„Ich habe," hub er wieder an,¹³ „meinem Herrn Bericht abgestattet über die Angelegenheit, die ihm am wichtigsten war. Mir bleibt noch ein Auftrag auszurichten, den mir heute früh jemand gegeben, welchem ich vor der Thür begegnete, da ich zu dem Geschäfte ausging, wo ich so unglücklich gewesen. Die eigenen Worte des Mannes waren: ‚Sagen Sie dem Herrn Peter Schlemihl, er würde mich hier nicht mehr sehen, da ich übers Meer gehe und ein günstiger Wind mich soeben nach dem Hafen ruft. Aber über Jahr und Tag'' werde ich die Ehre haben, ihn selber aufzusuchen und ein anderes, ihm dann vielleicht annehmliches Geschäft vorzuschlagen. Empfehlen Sie mich ihm unterthänigst und versichern ihn meines Dankes.' Ich frug ihn, wer er wäre, er sagte aber, Sie kennten ihn schon."

„Wie sah der Mann aus?" rief ich voller Ahnung. Und Bendel beschrieb mir den Mann im grauen Rocke Zug für

Zug, Wort für Wort, wie er getreu in seiner vorigen Erzählung des Mannes erwähnt, nach dem er sich erkundigt.

„Unglücklicher!" schrie ich händeringend, „das war **er ja selbst**[15]!" und ihm fiel es wie Schuppen von den Augen. — „Ja, er war es, war es wirklich!" rief er erschreckt aus, „und ich Verblendeter, Blödsinniger habe ihn nicht erkannt, ihn nicht erkannt **und meinen** Herrn verraten!"

Er brach, heiß weinend, in die bittersten Vorwürfe gegen sich selber aus, **und die Verzweiflung, in der er war**, mußte mir selber Mitleiden einflößen. Ich sprach ihm Trost ein, **versicherte** ihm wiederholt, ich setze keinen Zweifel **in** seine Treue, und schickte ihn alsbald nach dem Hafen, um, wo möglich, die Spuren des seltsamen Mannes zu verfolgen. **Aber** an diesem selben Morgen waren sehr viele Schiffe, die widrige Winde im Hafen zurückgehalten, ausgelaufen, alle nach andern Weltstrichen, alle nach andern Küsten bestimmt, und der graue Mann war spurlos wie ein Schatten verschwunden.

III.

Was hülfen Flügel **dem** in eisernen Ketten fest Angeschmiedeten? **Er** müßte dennoch, und schrecklicher, verzweifeln. Ich lag, wie Faffner[1] bei seinem Hort, fern von jedem menschlichen Zuspruch, bei meinem Golde darbend, aber ich hatte nicht das Herz nach ihm, sondern ich fluchte ihm, um dessentwillen ich mich von allem Leben abgeschnitten sah. Bei mir allein mein düstres Geheimnis hegend, fürchtete ich mich vor dem letzten meiner Knechte, den ich zugleich beneiden mußte; denn er hatte einen Schatten, er durfte sich sehen lassen in der Sonne. Ich vertrauerte einsam in meinen Zimmern die Tag' und Nächte, und Gram zehrte an meinem Herzen.

Noch einer härmte sich unter meinen Augen ab; mein treuer Bendel hörte nicht auf, sich mit stillen Vorwürfen zu martern, daß er das Zutrauen seines gütigen Herrn betrogen und jenen nicht erkannt, nach dem er ausgeschickt war und mit dem er mein trauriges Schicksal in enger Verflechtung denken mußte. Ich aber konnte ihm keine Schuld geben, ich erkannte in dem Ereignis die fabelhafte Natur des Unbekannten.

Nichts unversucht zu lassen, schickt' ich einst Bendel mit einem kostbaren brillantnen Ring zu dem berühmtesten Maler der Stadt, den ich, mich zu besuchen, einladen ließ. Er kam, ich entfernte meine Leute, verschloß die Thür, setzte mich zu dem Mann, und nachdem ich seine Kunst gepriesen, kam ich mit schwerem Herzen zur Sache, ich ließ ihn zuvor das strengste Geheimnis geloben.

„Herr Professor," fuhr ich fort, „könnten Sie wohl einem Menschen, der auf die unglücklichste Weise von der Welt um seinen Schatten gekommen ist, einen falschen Schatten malen?" — — „Sie meinen einen Schlagschatten?" — „Den mein' ich allerdings." — „Aber," frug er mich weiter, „durch welche Ungeschicklichkeit, durch welche Nachlässigkeit konnte er denn seinen Schlagschatten verlieren?" — „Wie es kam," erwiderte ich, „mag nun sehr gleichgültig sein, doch so viel," log ich ihm unverschämt vor: „In Rußland, wo er im vorigen Winter eine Reise that, fror ihm einmal, bei einer außerordentlichen Kälte, sein Schatten dergestalt am Boden fest, daß er ihn nicht wieder losbekommen konnte."

„Der falsche Schlagschatten, den ich ihm malen könnte," erwiderte der Professor, „würde doch nur ein solcher sein, den er bei der leisesten Bewegung wieder verlieren müßte, — zumal wer an dem eigenen angeborenen Schatten so wenig fest hing, als aus Ihrer Erzählung selbst sich abnehmen läßt; wer keinen Schatten hat, gehe nicht in die Sonne, das ist das Vernünftigste und Sicherste." **Er stand** auf und entfernte sich, indem **er auf** mich einen durchbohrenden Blick warf, den der meine **nicht** ertragen konnte. Ich sank in meinen Sessel zurück und **verhüllte** mein Gesicht in meine Hände.

So fand **mich** noch **Bendel**, als er hereintrat. Er sah den Schmerz seines Herrn und wollte sich still, ehrerbietig zurückziehen. — Ich blickte **auf** — ich **erlag unter** der Last meines Kummers, ich mußte **ihn** mitteilen. „**Bendel**," rief ich ihm zu, „**Bendel**! Du einziger, **der du** meine Leiden siehst **und** ehrst, sie nicht erforschen zu wollen, sondern still **und** fromm mitzufühlen scheinst, komm **zu** mir, **Bendel**, und sei der Nächste meinem Herzen. **Die** Schätze meines Goldes hab' **ich vor dir nicht verschlossen**, nicht verschließen will ich vor dir die Schätze meines Grames. — **Bendel**, verlasse mich nicht. **Bendel, du siehst** mich reich, freigebig, gütig, du wähnst, es sollte die Welt mich verherrlichen, **und** du siehst mich die Welt **fliehn und** mich **vor** ihr verschließen. **Bendel**, sie hat ge= **richtet, die** Welt, und mich verstoßen, und auch du vielleicht **wirst dich** von mir **wenden**, wenn du mein schreckliches Geheim= nis erfährst: Bendel, ich bin reich, freigebig, gütig, **aber** — o Gott! ich habe keinen Schatten!"

„Keinen Schatten?" rief der gute Junge erschreckt aus, und die hellen Thränen stürzten ihm aus den Augen. — „Wehe mir, daß ich geboren ward, einem schattenlosen Herrn zu dienen!" Er schwieg, und ich hielt mein Gesicht in meinen Händen.

„Bendel," setzt' ich spät und zitternd hinzu, „nun hast du mein Vertrauen, nun kannst du es verraten. Geh hin, und **zeuge** wider mich." — Er schien in schwerem Kampfe mit sich selber, endlich stürzte er vor mir nieder und ergriff meine Hand, die er mit seinen Thränen benetzte. „Nein," rief er aus, „was die Welt auch meine, ich kann und werde um Schattens willen meinen gütigen Herrn nicht verlassen, ich werde recht und nicht klug handeln, ich werde bei Ihnen bleiben, Ihnen meinen Schatten borgen, Ihnen helfen, wo ich kann, und, wo ich nicht kann, mit Ihnen weinen." Ich fiel ihm um den Hals, ob solcher ungewohnten Gesinnung staunend; denn ich war von ihm überzeugt, daß er es nicht um Gold that.

Seitdem änderten sich in etwas⁴ mein Schicksal und meine Lebensweise. Es ist unbeschreiblich, wie vorsorglich B e n d e l mein Gebrechen zu verhehlen wußte. Ueberall war er vor mir und mit mir, alles vorhersehend, Anstalten treffend und, wo Gefahr unversehens drohte, mich schnell mit seinem Schatten überdeckend, denn er war größer und stärker als ich. So wagt' ich mich wieder unter die Menschen und begann, eine Rolle in der Welt zu spielen. Ich mußte freilich viele Eigenheiten und Launen scheinbar annehmen. Solche stehen aber dem Reichen gut, und so lange die Wahrheit nur verborgen blieb, genoß ich aller der Ehre und Achtung, die meinem Golde zukam. Ich sah ruhiger dem über Jahr und Tag verheißenen Besuch des rätselhaften Unbekannten entgegen.

Ich fühlte sehr wohl, daß ich mich nicht lange an einem Orte aufhalten durfte, wo man mich schon ohne Schatten gesehen und wo ich leicht verraten werden konnte; auch dacht' ich vielleicht nur allein noch daran, wie ich mich bei Herrn J o h n gezeigt, und es war mir eine drückende Erinnerung, demnach wollt' ich hier bloß Probe halten,⁵ um anderswo leichter und zuversichtlicher auftreten zu können — doch fand sich, was mich eine Zeitlang an meiner Eitelkeit festhielt: das ist im Menschen, wo der Anker am zuverlässigsten Grund faßt.

Eben die schöne F a n n y, der ich am dritten Ort⁶ wieder begegnete, schenkte mir, ohne sich zu erinnern, mich jemals gesehen zu haben, einige Aufmerksamkeit, denn jetzt hatt' ich Witz und Verstand. — Wann ich redete, hörte man zu, und ich wußte selber nicht, wie ich zu der Kunst gekommen war, das Gespräch so leicht zu führen und zu beherrschen. Der Eindruck, den ich auf die Schöne gemacht zu haben einsah, machte aus mir, was sie eben begehrte, einen Narren, und ich folgte ihr seither mit tausend Mühen durch Schatten und Dämmerung, wo ich nur konnte. Ich war nur eitel darauf, sie über mich eitel zu machen, und ich konnte mir, selbst mit dem besten Willen, nicht den Rausch aus dem Kopf ins Herz zwingen.

Aber wozu die ganz gemeine Geschichte dir lang und breit wiederholen? — Du selber hast sie mir oft genug von andern Ehrenleuten erzählt. — Zu dem alten, wohlbekannten Spiele, worin ich gutmütig eine abgedroschene Rolle übernommen, kam freilich eine ganz eigens gedichtete Katastrophe' hinzu, mir und ihr und allen unerwartet.

Da ich an einem schönen Abend nach meiner Gewohnheit eine Gesellschaft in einem erleuchteten Garten versammelt hatte, wandelte ich mit der Herrin Arm in Arm, in einiger Entfernung von den übrigen Gästen, und bemühte mich, ihr Redensarten vorzudrechseln. Sie sah sittig vor sich nieder und erwiderte leise den Druck meiner Hand; da trat unversehens hinter uns der Mond aus den Wolken hervor — und sie sah nur i h r e n Schatten vor sich hinfallen. Sie fuhr zusammen und blickte bestürzt mich an, dann wieder auf die Erde, mit dem Auge meinen Schatten begehrend; und was in ihr vorging, malte sich so sonderbar in ihren Mienen, daß ich in ein lautes Gelächter hätte ausbrechen mögen, wenn es mir nicht selber eiskalt über den Rücken gelaufen wäre.

Ich ließ sie aus meinem Arm in eine Ohnmacht sinken, schoß wie ein Pfeil durch die entsetzten Gäste, erreichte die Thür, warf mich in den ersten Wagen, den ich da haltend fand, und fuhr nach der Stadt zurück, wo ich diesmal zu meinem Unheil den vorsichtigen B e n d e l gelassen hatte. Er erschrak, als er mich sah, e i n Wort entdeckte ihm alles. Es wurden auf der Stelle Postpferde geholt. Ich nahm nur einen meiner Leute mit mir, einen abgefeimten Spitzbuben, Namens R a s k a l, der sich mir durch seine Gewandtheit notwendig zu machen ge= wußt und der nichts vom heutigen Vorfall ahnen konnte. Ich legte in derselben Nacht noch dreißig Meilen zurück. B e n d e l blieb hinter mir, mein Haus aufzulösen, Gold zu spenden und mir das Nötigste nachzubringen. Als er mich am andern Tage einholte, warf ich mich in seine Arme und schwur ihm, nicht etwa keine Thorheit mehr zu begehen, sondern nur künftig vor= sichtiger zu sein. Wir setzten unsere Reise ununterbrochen fort, über die Grenze und das Gebirg, und erst am andern Abhang, durch das hohe Bollwerk von jenem Unglücksboden getrennt, ließ ich mich bewegen, in einem nah gelegenen und wenig be= suchten Badeort von den überstandenen Mühseligkeiten aus= zurasten.

IV.

Ich werde in meiner Erzählung schnell über eine Zeit hineilen müssen, bei der ich, wie gerne! verweilen würde, wenn ich ihren lebendigen Geist in der Erinnerung herauf zu beschwören vermöchte. Aber die Farbe, die sie belebte und nur wieder beleben kann, ist in mir verloschen, und wann ich in meiner Brust wieder finden will, was sie damals so mächtig erhob, die Schmerzen und das Glück, den frommen Wahn, — da schlag' ich vergebens¹ an einen Felsen, der keinen lebendigen Quell mehr gewährt, und der Gott ist von mir gewichen. Wie verändert blickt sie mich jetzt an, diese vergangene Zeit! — Ich sollte dort in dem Bade eine heroische Rolle tragieren,² schlecht einstudiert, und ein Neuling auf der Bühne, vergaff' ich mich aus dem Stücke heraus in ein Paar blaue Augen.³ Die Eltern, vom Spiele getäuscht, bieten alles auf, den Handel nur schnell fest zu machen, und die gemeine Posse beschließt eine Verhöhnung. Und das ist alles, alles! — Das kommt mir albern und abgeschmackt vor und schrecklich wiederum, daß so mir vorkommen kann, was damals so reich, so groß die Brust mir schwellte. Mina, wie ich damals weinte, als ich dich verlor, so wein' ich jetzt, dich auch in mir verloren zu haben. Bin ich denn so alt worden?⁴ — O traurige Vernunft! Nur noch ein Pulsschlag jener Zeit, ein Moment jenes Wahnes, — aber nein! einsam auf dem hohen, öden Meere deiner bittern Flut, und längst aus dem letzten Pokale der Champagner Elfe entsprüht!⁵

Ich hatte Bendel mit einigen Goldsäcken vorausgeschickt, um mir im Städtchen eine Wohnung nach meinen Bedürfnissen einzurichten. Er hatte dort viel Geld ausgestreut und sich über den vornehmen Fremden, dem er diente, etwas unbestimmt ausgedrückt, denn ich wollte nicht genannt sein, das brachte die guten Leute auf sonderbare Gedanken. Sobald mein Haus zu meinem Empfang bereit war, kam B e n d e l wieder zu mir und holte mich dahin ab. Wir machten uns auf die Reise.

Ungefähr eine Stunde vom Orte, auf einem sonnigen Plan, ward uns der Weg durch eine festlich geschmückte Menge versperrt. Der Wagen hielt. Musik, Glockengeläute, Kanonenschüsse wurden gehört, ein lautes Vivat durchdrang die Luft, — vor dem Schlage des Wagens erschien in weißen Kleidern ein Chor Jungfrauen von ausnehmender Schönheit, die aber vor der einen, wie die Sterne der Nacht vor der Sonne, verschwanden. Sie trat aus der Mitte der Schwestern hervor; die hohe zarte Bildung kniete verschämt errötend vor mir nieder und hielt mir auf seidenem Kissen einen aus Lorbeer, Oelzweigen und Rosen geflochtenen Kranz entgegen, indem sie von Majestät, Ehrfurcht und Liebe einige Worte sprach, die ich nicht verstand, aber deren zauberischer Silberklang mein Ohr und Herz berauschte, — es war mir, als wäre schon einmal die himmlische Erscheinung an mir vorübergewallt. Der Chor fiel ein und sang das Lob eines guten Königs und das Glück seines Volkes.

Und dieser Auftritt, lieber Freund, mitten in der Sonne! — Sie kniete noch immer zwei Schritte von mir, und ich, ohne Schatten, konnte die Kluft nicht überspringen, nicht wieder vor dem Engel auf die Kniee fallen. O, was hätt' ich nicht da für einen Schatten gegeben! Ich mußte meine Scham, meine Angst, meine Verzweiflung tief in den Grund meines Wagens verbergen. B e n d e l besann sich endlich für mich, er sprang von der andern Seite aus dem Wagen heraus, ich rief ihn noch zurück und reichte ihm aus meinem Kästchen, das mir eben zur Hand lag, eine reiche diamantene Krone, die die schöne F a n n y hatte zieren sollen. Er trat vor und sprach im Namen seines Herrn, welcher solche Ehrenbezeigungen nicht annehmen könne

noch wolle; es müsse hier ein Irrtum vorwalten; jedoch seien
die guten Einwohner der Stadt für ihren guten Willen bedankt.
Er nahm indes den dargehaltenen Kranz von seinem Ort und
legte den brillantenen Reif an dessen Stelle; dann reichte er
ehrerbietig der schönen Jungfrau die Hand zum Aufstehen, ent=
fernte mit einem Wink Geistlichkeit, Magistratus[10] und alle
Deputationen. Niemand ward weiter vorgelassen. Er hieß
den Haufen sich teilen und den Pferden Raum geben, schwang
sich wieder in den Wagen, und fort ging's weiter[11] in gestrecktem
Galopp, unter einer aus Laubwerk und Blumen erbauten Pforte
hinweg, dem Städtchen zu. — Die Kanonen wurden immer
frischweg[12] abgefeuert. Der Wagen hielt vor meinem Hause; ich
sprang behend in die Thür, die Menge teilend, die die Be=
gierde, mich zu sehen, herbeigerufen hatte. Der Pöbel schrie
Vivat unter meinem Fenster, und ich ließ doppelte Dukaten
daraus regnen. Am Abend war die Stadt freiwillig er=
leuchtet. —

Und ich wußte immer noch nicht, was das alles bedeuten
sollte und für wen ich angesehen wurde. Ich schickte Raskaln
auf Kundschaft aus. Er ließ sich denn erzählen, wasmaßen
man bereits sichere Nachrichten gehabt,[13] der gute König von
Preußen reise unter dem Namen eines Grafen durch das Land;
wie mein Adjutant erkannt worden sei und wie er sich und mich
verraten habe; wie groß endlich die Freude gewesen, da man
die Gewißheit gehabt, mich im Orte selbst zu besitzen. Nun sah
man freilich ein, da ich offenbar das strengste Inkognito be-
obachten wolle, wie sehr man Unrecht gehabt, den Schleier so
zudringlich zu lüften. Ich hätte so huldreich, so gnadenvoll
gezürnt, — ich würde gewiß dem guten Herzen verzeihen
müssen.

Meinem Schlingel kam die Sache so spaßhaft vor, daß er
mit strafenden Reden sein möglichstes that, die guten Leute

einstweilen in ihrem Glauben zu bestärken. Er stattete mir einen sehr komischen Bericht ab, und da er mich dadurch erheitert sah, gab er mir selbst seine verübte Bosheit zum besten.¹⁴ — Muß ich's bekennen? Es schmeichelte mir doch, sei es auch nur so,¹⁵ für das verehrte Haupt angesehen worden zu sein.

Ich hieß zu dem morgenden Abend unter den Bäumen, die den Raum vor meinem Hause beschatteten, ein Fest bereiten und die ganze Stadt dazu einladen. Der geheimnisreichen Kraft meines Säckels, Bendels Bemühungen und der behenden Erfindsamkeit Raskals gelang es, selbst die Zeit zu besiegen. Es ist wirklich erstaunlich, wie reich und schön sich alles in den wenigen Stunden anordnete. Die Pracht und der Ueberfluß, die da sich erzeugten; auch die sinnreiche Erleuchtung war so weise verteilt, daß ich mich ganz sicher fühlte. Es blieb mir nichts zu erinnern, ich mußte meine Diener loben.

Es dunkelte der Abend. Die Gäste erschienen und wurden mir vorgestellt. Es ward die Majestät nicht mehr berührt; aber ich hieß in tiefer Ehrfurcht und Demut: Herr Graf. Was sollt' ich thun? Ich ließ mir den Grafen gefallen¹⁶ und blieb von Stund' an der Graf Peter. Mitten im festlichen Gewühle begehrte meine Seele nur nach der einen. Spät erschien sie, sie, die die Krone war und trug. Sie folgte sittsam ihren Eltern und schien nicht zu wissen, daß sie die Schönste sei. Es wurden mir der Herr Forstmeister, seine Frau und seine Tochter vorgestellt. Ich wußte den Alten viel Angenehmes und Verbindliches zu sagen; vor der Tochter stand ich wie ein ausgescholtener Knabe da und vermochte kein Wort hervor zu lallen. Ich bat sie endlich stammelnd, dies Fest zu würdigen, das Amt, dessen Zeichen sie schmückte, darin zu verwalten. Sie bat verschämt mit einem rührenden Blick um Schonung;¹⁷ aber verschämter vor ihr, als sie selbst, brachte ich ihr als erster Unterthan meine Huldigung in tiefer Ehrfurcht, und der Wink des Grafen ward allen Gästen ein Gebot, dem nachzuleben[18] sich jeder freudig beeiferte. Majestät, Unschuld und Grazie beherrschten, mit der Schönheit im Bunde, ein frohes Fest. Die glücklichen Eltern Minas[19] glaubten ihnen nur zu Ehren ihr Kind erhöht; ich selber war in einem unbeschreiblichen Rausch. Ich ließ alles, was ich noch von den Juwelen hatte, die ich damals, um beschwerliches Gold los zu werden, gekauft, alle Perlen, alles Edelgestein in zwei verdeckte Schüsseln legen und bei Tische, unter dem Namen der Königin, ihren Gespielinnen und allen Damen herumreichen; Gold ward indessen ununterbrochen über die gezogenen Schranken unter das jubelnde Volk geworfen.

Bendel am andern Morgen eröffnete mir im Vertrauen, der Verdacht, den er längst gegen Raskals Redlichkeit gehegt, sei nunmehr zur Gewißheit geworden. Er habe gestern ganze Säcke Goldes unterschlagen. „Laß uns," erwidert' ich, „dem armen Schelmen die kleine Beute gönnen; ich spende gern allen, warum nicht auch ihm? Gestern hat er mir, haben mir alle neuen Leute, die du mir gegeben, redlich gedient, sie haben mir froh ein frohes Fest begehen helfen."

Es war nicht weiter die Rede davon. Raskal blieb der erste meiner Dienerschaft, Bendel war aber mein Freund und mein Vertrauter. Dieser war gewohnt worden, meinen Reichtum als unerschöpflich zu denken, und er spähte nicht nach dessen Quellen; er half mir vielmehr, in meinen Sinn eingehend, Gelegenheiten ersinnen, ihn darzuthun und Gold zu vergeuden. Von jenem Unbekannten, dem blassen Schleicher, wußt' er nur soviel: Ich dürfe[20] allein durch ihn von dem Fluche erlöst werden, der auf mir laste, und fürchte ihn, auf dem meine einzige Hoffnung ruhe. Uebrigens sei ich davon überzeugt, er könne mich überall auffinden, ich ihn nirgends, darum ich, den versprochenen Tag erwartend, jede vergebliche Nachsuchung eingestellt.

Die Pracht meines Festes und mein Benehmen dabei erhielten anfangs die starkgläubigen Einwohner der Stadt bei ihrer vorgefaßten Meinung. Es ergab sich freilich sehr bald aus den Zeitungen, daß die ganze fabelhafte Reise des Königs von Preußen ein bloßes ungegründetes Gerücht gewesen. Ein König war ich aber nun einmal und mußte schlechterdings ein König bleiben, und zwar einer der reichsten und königlichsten, die es immer geben mag. Nur wußte man nicht recht, welcher. Die Welt hat nie Grund gehabt, über Mangel an Monarchen zu klagen, am wenigsten in unsern Tagen;²¹ die guten Leute, die noch keinen mit Augen gesehen, rieten mit gleichem Glück bald auf diesen, bald auf jenen — Graf Peter blieb immer, der er war. —

Einst erschien unter den Badegästen ein Handelsmann, der Bankerott gemacht hatte, um sich zu bereichern, der allgemeiner Achtung genoß und einen breiten, obgleich etwas blassen Schatten von sich warf. Er wollte hier das Vermögen, das er gesammelt, zum Prunk ausstellen, und es fiel sogar ihm ein, mit mir wetteifern zu wollen. Ich sprach meinem Säckel zu²² und hatte sehr bald den armen Teufel so weit, daß er, um sein Ansehen zu retten, abermals Bankerott machen mußte und über das Gebirge ziehen. So ward ich ihn los. — Ich habe in dieser Gegend viele Taugenichtse und Müßiggänger gemacht!

Bei der königlichen Pracht und Verschwendung, womit ich mir alles unterwarf, lebt' ich in meinem Haus sehr einfach und eingezogen. Ich hatte mir die größte Vorsicht zur Regel gemacht, es durfte, unter keinem Vorwand, kein andrer, als Bendel, die Zimmer, die ich bewohnte, betreten. Solange die Sonne schien, hielt ich mich mit ihm darin verschlossen, und es hieß: der Graf arbeite in seinem Kabinett. Mit diesen Arbeiten standen die häufigen Kuriere in Verbindung, die ich um jede Kleinigkeit abschickte und erhielt. — Ich nahm nur am Abend

unter meinen Bäumen, oder in meinem nach Bendels An=
gabe geschickt und reich erleuchteten Saale Gesellschaft an.
Wenn ich ausging, wobei mich stets Bendel mit Argusaugen
bewachen mußte, so war es nur nach dem Förstergarten, und
um der einen willen; denn meines Lebens innerlichstes Herz
war meine Liebe.

O mein guter Chamisso, ich will hoffen, du habest noch
nicht vergessen, was Liebe sei! Ich lasse dir hier vieles zu er=
gänzen. Mina war wirklich ein liebewertes, gutes, frommes
Kind. Ich hatte ihre ganze Phantasie an mich gefesselt, sie
wußte in ihrer Demut nicht, womit²³ sie wert gewesen, daß ich
nur nach ihr geblickt; und sie vergalt Liebe um Liebe, mit der
vollen jugendlichen Kraft eines unschuldigen Herzens. Sie
liebte wie ein Weib, ganz hin sich opfernd; selbstvergessen, hin=

gegeben den nur meinend,²⁴ der ihr Leben war, unbekümmert, solle sie selbst zu Grunde gehen, das heißt, sie liebte wirklich. —

Ich aber — o welche schreckliche Stunden — schrecklich! und würdig dennoch, daß ich sie zurückwünsche — hab' ich oft an Bendels Brust verweint, als nach dem ersten bewußtlosen Rausch ich mich besonnen, mich selbst scharf angeschaut, der ich, ohne Schatten, mit tückischer Selbstsucht diesen Engel verderbend, die reine Seele an mich gelogen und gestohlen! Dann beschloß ich, mich ihr selber zu verraten; dann gelobt' ich mit teuren Eidschwüren, mich von ihr zu reißen und zu entfliehen; dann brach ich wieder in Thränen aus und verabredete mit Bendeln, wie ich sie auf den Abend im Förstergarten besuchen wolle. —

Zu andern Zeiten log ich mir selber vom nahe bevorstehenden Besuch des grauen Unbekannten große Hoffnungen vor und weinte wieder, wenn ich daran zu glauben vergebens versucht hatte. Ich hatte den Tag ausgerechnet, wo ich den Furchtbaren wieder zu sehen erwartete; denn er hatte gesagt, in Jahr und Tag, und ich glaubte an sein Wort.

Die Eltern waren gute, ehrbare, alte Leute, die ihr einziges Kind sehr liebten, das ganze Verhältnis überraschte sie, als es schon bestand, und sie wußten nicht, was sie dabei thun sollten. Sie hatten früher nicht geträumt, der Graf Peter könne nur an ihr Kind denken, nun liebte er sie gar und ward wieder geliebt. — Die Mutter war wohl eitel genug, an die Möglichkeit einer Verbindung zu denken und darauf hinzuarbeiten; der gesunde Menschenverstand des Alten gab solchen überspannten Vorstellungen nicht Raum. Beide waren überzeugt von der Reinheit meiner Liebe — sie konnten nichts thun, als für ihr Kind beten.

Es fällt mir ein Brief in die Hand, den ich noch aus dieser Zeit von Mina habe. — Ja, das sind ihre Züge! Ich will dir ihn abschreiben.

„Bin ein schwaches, thörichtes Mädchen, könnte mir einbilden, daß mein Geliebter, weil ich ihn innig, innig liebe, dem armen Mädchen nicht weh thun möchte. — Ach, du bist so gut, so unaussprechlich gut; aber mißdeute mich nicht. Du sollst mir nichts opfern, mir nichts opfern wollen; o Gott! ich könnte mich hassen, wenn du das thätest. Nein — du hast mich unendlich glücklich gemacht, du hast mich dich lieben gelehrt. Zeuch hin!" — Weiß doch mein Schicksal, Graf Peter gehört nicht mir, gehört der Welt an. Will stolz sein, wenn ich höre: das ist er gewesen, und das war er wieder, und das hat er vollbracht; da haben sie ihn angebetet, und da haben sie ihn vergöttert. Siehe, wenn ich das denke, zürne ich dir, daß du bei einem einfältigen Kinde deiner hohen Schicksale vergessen kannst. — Zeuch hin, sonst macht der Gedanke mich noch unglücklich, die ich, ach! durch dich so glücklich, so selig bin. — Hab' ich nicht auch einen Oelzweig und eine Rosenknospe in dein Leben geflochten, wie in den Kranz, den ich dir überreichen durfte. Habe dich im Herzen, mein Geliebter, fürchte nicht von mir zu gehen — werde sterben, ach! so selig, so unaussprechlich selig durch dich." —

Du kannst dir denken, wie mir die Worte durchs Herz schneiden mußten. Ich erklärte ihr, ich sei nicht das, wofür man mich anzusehen schien; ich sei nur ein reicher, aber unendlich elender Mann. Auf mir ruhe ein Fluch, der das einzige Geheimnis zwischen ihr und mir sein solle, weil ich noch nicht ohne Hoffnung sei, daß er gelöst werde. Dies sei das Gift meiner Tage: daß ich sie mit in den Abgrund hinreißen könne, sie, die das einzige Licht, das einzige Glück, das einzige Herz meines Lebens sei. Dann weinte sie wieder, daß ich unglücklich war. Ach, sie war so liebevoll, so gut! Um eine Thräne nur mir zu erkaufen,[26] hätte sie, mit welcher Seligkeit sich selbst ganz hingeopfert.

Sie war indes weit entfernt, meine Worte richtig zu deuten,

sie ahnete nun in mir irgend einen Fürsten, den ein schwerer
Bann getroffen, irgend ein hohes, geächtetes Haupt, und ihre
Einbildungskraft malte sich geschäftig unter heroischen Bildern
den Geliebten herrlich aus.

Einst sagte ich ihr: „Mina, der letzte Tag im künftigen
Monat kann mein Schicksal ändern und entscheiden — geschieht
es nicht, so muß ich sterben, weil ich dich nicht unglücklich machen
will." — Sie verbarg weinend ihr Haupt an meiner Brust. —
„Aendert sich dein Schicksal, laß mich nur dich glücklich wissen,
ich habe keinen Anspruch an dich. — Bist du elend, binde mich
an dein Elend, daß ich es dir tragen helfe." —

„Mädchen, Mädchen, nimm es zurück, das rasche Wort, das
thörichte, das deinen Lippen entflohen — und kennst du es,
dieses Elend, kennst du ihn, diesen Fluch? Weißt du, wer dein
Geliebter — — was er —? Siehst du mich nicht krampfhaft
zusammenschaudern, und vor dir ein Geheimnis haben?" Sie
fiel schluchzend mir zu Füßen und wiederholte mit Eidschwur
ihre Bitte. —

Ich erklärte mich gegen den hereintretenden Forstmeister,
meine Absicht sei, am ersten des nächstkünftigen Monats um die
Hand seiner Tochter anzuhalten — ich setze diese Zeit fest, weil
sich bis dahin manches ereignen dürfte, was Einfluß auf mein
Schicksal haben könnte. Unwandelbar sei nur meine Liebe zu
seiner Tochter.

Der gute Mann erschrak ordentlich,[27] als er solche Worte aus
dem Munde des Grafen Peter vernahm. Er fiel mir um
den Hals und ward wieder ganz verschämt, sich vergessen zu
haben. Nun fiel es ihm ein, zu zweifeln, zu erwägen und zu
forschen; er sprach von Mitgift, von Sicherheit, von Zukunft
für sein liebes Kind. Ich dankte ihm, mich daran zu mahnen.
Ich sagte ihm, ich wünsche in dieser Gegend, wo ich geliebt zu
sein schien, mich anzusiedeln und ein sorgenfreies Leben zu führen.

Ich bat ihn, die schönsten Güter, die im Lande ausgeboten würden, unter dem Namen seiner Tochter zu kaufen und die Bezahlung auf mich anzuweisen. Es könne darin ein Vater dem Liebenden am besten dienen. — Es gab ihm viel zu thun, denn überall war ihm ein Fremder zuvorgekommen; er kaufte auch nur für ungefähr eine Million.

Daß ich ihn damit beschäftigte, war im Grunde eine unschuldige List, um ihn zu entfernen, und ich hatte schon ähnliche mit ihm gebraucht, denn ich muß gestehen, daß er etwas lästig war. Die gute Mutter war dagegen etwas taub, und nicht, wie er, auf die Ehre eifersüchtig, den Herrn Grafen zu unterhalten.

Die Mutter kam hinzu, die glücklichen Leute drangen in mich, den Abend länger unter ihnen zu bleiben; ich durfte keine Minute weilen: ich sah schon den aufgehenden Mond am Horizonte dämmern. — Meine Zeit war um. —

Am nächsten Abend ging ich wieder nach dem Förstergarten. Ich hatte den Mantel weit über die Schultern geworfen, den Hut tief in die Augen gedrückt, ich ging auf Mina zu; wie sie aufsah und mich anblickte, machte sie eine unwillkürliche Bewegung; da stand mir wieder klar vor der Seele die Erscheinung jener schaurigen Nacht, wo ich mich im Mondschein ohne Schatten gezeigt. Sie war es wirklich. Hatte sie mich aber auch jetzt erkannt? Sie war still und gedankenvoll — mir lag es zentnerschwer auf der Brust — ich stand von meinem Sitz auf. Sie warf sich still weinend an meine Brust. Ich ging.

Nun fand ich sie öfters in Thränen, mir ward's finster und finsterer um die Seele, — nur die Eltern schwammen in überschwenglicher Glückseligkeit; der verhängnisvolle Tag rückte heran, bang und dumpf wie eine Gewitterwolke. Der Vorabend war da — ich konnte kaum mehr atmen. Ich hatte vorsorglich einige Kisten mit Gold angefüllt, ich wachte die zwölfte Stunde heran. — Sie schlug. —

Nun saß ich da, das Auge auf die Zeiger der Uhr gerichtet, die Sekunden, die Minuten zählend, wie Dolchstiche. Bei jedem Lärm, der sich regte, fuhr ich auf, der Tag brach an. Die bleiernen Stunden verdrängten einander, es ward Mittag, Abend, Nacht; es rückten die Zeiger, welkte die Hoffnung; es schlug elf, und nichts erschien, die letzten Minuten der letzten Stunde fielen, und nichts erschien, es schlug der erste Schlag, der letzte Schlag der zwölften Stunde, und ich sank hoffnungslos in unendlichen Thränen auf mein Lager zurück. Morgen sollt' ich — auf immer schattenlos — um die Hand der Geliebten anhalten; ein banger Schlaf drückte mir gegen den Morgen die Augen zu.

V.

Es war noch früh, als mich Stimmen weckten, die sich in meinem Vorzimmer, in heftigem Wortwechsel, erhoben. Ich horchte auf. — B e n d e l verbot meine Thür; R a s k a l schwor hoch und theuer, keine Befehle von seinesgleichen anzunehmen, und bestand darauf, in meine Zimmer einzudringen. Der gütige B e n d e l verwies ihm, daß solche Worte, falls sie zu meinen Ohren kämen, ihn um einen vortheilhaften Dienst bringen würden. Raskal drohte Hand an ihn zu legen, wenn er ihm den Eingang noch länger vertreten wollte.

Ich hatte mich halb angezogen, ich riß zornig die Thür auf und fuhr auf R a s k a l n zu. — „Was willst du, Schurke ——? Er trat zwei Schritte zurück und antwortete ganz kalt: „Sie unterthänigst bitten, Herr Graf, mir doch einmal Ihren Schatten sehen zu lassen, — die Sonne scheint eben so schön auf dem Hofe."

Ich war wie vom Donner gerührt. Es dauerte lange, bis ich die Sprache wieder fand. — „Wie kann ein Knecht gegen

seinen **Herrn —?**" Er fiel mir ganz ruhig in die Rede: „Ein
Knecht **kann** ein sehr ehrlicher Mann sein und einem Schatten=
losen nicht dienen wollen; ich fordere meine Entlassung." Ich
mußte andere Saiten aufziehen. „Aber R a s k a l, lieber R a s =
k a l, wer hat dich auf die unglückliche Idee gebracht, wie kannst
du denken — —?" Er fuhr im selben Tone fort: „Es wollen
Leute behaupten, Sie hätten keinen Schatten — und kurz, Sie
zeigen mir Ihren Schatten, oder geben **mir meine** Entlassung."

B e n d e l, bleich **und zitternd,** aber **besonnener als** ich,
machte mir ein Zeichen, **ich** nahm **zu dem alles** beschwichtigenden
Golde meine Zuflucht, — auch das **hatte** seine Macht verloren
er warf's mir vor die Füße: „Von einem Schattenlosen nehme
ich nichts an." Er kehrte mir den Rücken und ging, den **Hut
auf dem Kopf, ein** Liedchen pfeifend, langsam aus dem Zimmer.
Ich stand mit B e n d e l da wie versteint, gedanken= und regungs=
los ihm nachsehend.

Schwer aufseufzend und den Tod im Herzen, schick' ich mich
an, mein Wort zu lösen und, wie **ein** Verbrecher vor seinen
Richtern, in dem Förstergarten zu **erscheinen.** Ich stieg in **der**
dunklen Laube ab, **welche** nach mir benannt war, und wo sie
mich auch diesmal erwarten mußten. **Die** Mutter kam mir
sorgenfrei und freudig entgegen. M i n a saß **da,** bleich und
schön, wie der erste Schnee, der manchmal im Herbste die letzten
Blumen küßt und gleich in bitteres Wasser zerfließen wird. Der
Forstmeister, ein geschriebenes Blatt in der Hand, ging heftig
auf und ab und schien vieles in sich zu unterdrücken, was, mit
fliegender Röte und Blässe wechselnd, sich auf seinem sonst un=
beweglichen Gesichte malte. Er kam auf mich zu, als ich her=
eintrat, und verlangte mit oft unterbrochenen Worten, mich
allein zu sprechen. Der Gang, **auf** den er mich ihm zu folgen
einlud, führte nach einem freien besonnten Theile des Gartens
— ich ließ mich stumm auf einen Sitz nieder, und es erfolgte

ein langes Schweigen, das selbst die gute Mutter nicht zu unterbrechen wagte.

Der Forstmeister stürmte immer noch ungleichen Schrittes die Laube auf und ab, er stand mit einem Male vor mir still, blickte ins Papier, das er hielt, und fragte mich mit prüfendem Blick: „Sollte Ihnen, Herr Graf, ein gewisser Peter Schlemihl wirklich nicht unbekannt sein?" Ich schwieg — „ein Mann von vorzüglichem Charakter und von besonderen Gaben —" Er erwartete eine Antwort. — „Und wenn ich selber der Mann wäre?" — „Dem," fügte er heftig hinzu, „sein Schatten abhanden gekommen ist!!" — „O meine Ahnung, meine Ahnung!" rief Mina aus, „ja, ich weiß es längst, er hat keinen Schatten!" und sie warf sich in die Arme der Mutter, welche erschreckt, sie krampfhaft an sich schließend, ihr Vorwürfe machte, daß sie zum Unheil solch ein Geheimnis in sich verschlossen. Sie aber war, wie Arethusa,[1] in einen Thränenquell gewandelt, der beim Klang meiner Stimme häufiger floß und bei meinem Nahen stürmisch aufbrauste.

„Und Sie haben," hub der Forstmeister grimmig wieder an, „und Sie haben mit unerhörter Frechheit diese und mich zu betrügen keinen Anstand genommen; und Sie geben vor, sie zu lieben, die Sie so weit heruntergebracht haben? Sehen Sie, wie sie da weint und ringt. O schrecklich! schrecklich!" —

Ich hatte dergestalt alle Besinnung verloren, daß ich, wie irre redend, anfing: Es wäre doch am Ende ein Schatten nichts als ein Schatten, man könne auch ohne das fertig werden, und es wäre nicht der Mühe wert, solchen Lärm davon zu erheben. Aber ich fühlte so sehr den Ungrund von dem, was ich sprach, daß ich von selbst aufhörte, ohne daß er mich einer Antwort gewürdigt. Ich fügte noch hinzu: was man einmal verloren, könne man ein andermal wiederfinden.

Er fuhr mich zornig an. — „Gestehen Sie mir's, mein Herr, gestehen Sie mir's, wie sind Sie um Ihren Schatten gekommen?" Ich mußte wieder lügen: „Es trat mir dereinst ein ungeschlachter Mann so plämisch² in meinen Schatten, daß er ein großes Loch darein riß — ich habe ihn nur zum Ausbessern gegeben, denn Gold vermag viel, ich habe ihn schon gestern wieder bekommen sollen." —

„Wohl, mein Herr, ganz wohl!" erwiderte der Forstmeister. „Sie werben um meine Tochter, das thun auch andere, ich habe als ein Vater für sie zu sorgen, ich gebe Ihnen drei Tage Frist, binnen welcher Sie sich nach einem Schatten umthun mögen; erscheinen Sie binnen drei Tagen vor mir mit einem wohlangepaßten Schatten, so sollen Sie mir willkommen sein: am vierten Tage aber — das sag' ich Ihnen — ist meine Tochter die Frau eines andern." — Ich wollte noch versuchen, ein Wort an Mina zu richten, aber sie schloß sich, heftiger schluchzend, fester an ihre Mutter, und diese winkte mir stillschweigend, mich zu entfernen. Ich schwankte hinweg, und mir war's, als schlösse sich hinter mir die Welt zu.

Der liebevollen Aufsicht Bendels entsprungen, durchschweifte ich in irrem Lauf Wälder und Fluren. Angstschweiß troff von meiner Stirne, ein dumpfes Stöhnen entrang sich meiner Brust, in mir tobte Wahnsinn. —

Ich weiß nicht, wie lange es so gedauert haben mochte, als ich mich auf einer sonnigen Heide beim Aermel anhalten fühlte. — Ich stand still und sah mich um — — es war der Mann im grauen Rock, der sich nach mir außer Atem gelaufen zu haben schien. Er nahm sogleich das Wort:

„Ich hatte mich auf den heutigen Tag angemeldet, Sie haben die Zeit nicht erwarten können. Es steht aber alles noch gut, Sie nehmen Rat an, tauschen Ihren Schatten wieder ein, der Ihnen zu Gebote steht, und kehren sogleich wieder um.

Sie sollen in dem Förstergarten willkommen sein, und alles ist nur ein Scherz gewesen; den Raskal, der Sie verraten hat und um Ihre Braut wirbt, nehm' ich auf mich, der Kerl ist reif."

Ich stand noch wie im Schlafe da. — „Auf den heutigen Tag angemeldet —?" ich überdachte noch einmal die Zeit — er hatte Recht, ich hatte mich stets um einen Tag verrechnet. Ich suchte mit der rechten Hand nach dem Säckel auf meiner Brust, — er erriet meine Meinung und trat zwei Schritte zurück.

„Nein, Herr Graf, der ist in zu guten Händen, den behalten Sie." — Ich sah ihn mit stieren Augen, verwundert fragend an, er fuhr fort: „Ich erbitte mir bloß eine Kleinigkeit zum Andenken, Sie sind nur so gut und unterschreiben mir den Zettel da." — Auf dem Pergamente standen die Worte:

„Kraft dieser meiner Unterschrift vermache ich dem Inhaber dieses meine Seele nach ihrer natürlichen Trennung von meinem Leibe."

Ich sah mit stummem Staunen die Schrift und den grauen Unbekannten abwechselnd an. — Er hatte unterdessen mit einer neu geschnittenen Feder einen Tropfen Bluts[3] aufgefangen, der mir aus einem frischen Dornriß auf die Hand floß, und hielt sie mir hin.

„Wer sind Sie denn?" frug ich ihn endlich. „Was thut's," gab er mir zur Antwort, „und sieht man es mir nicht an? Ein armer Teufel, gleichsam so eine Art von Gelehrten und Physikus, der von seinen Freunden für vortreffliche Künste schlechten Dank erntet und für sich selber auf Erden keinen andern Spaß hat, als sein bißchen Experimentieren — aber unterschreiben Sie doch. Rechts, da unten: Peter Schle= mihl."

Ich schüttelte mit dem Kopf und sagte: „Verzeihen Sie,

mein Herr, das unterschreibe **ich nicht.**" — „Nicht?" wiederholte er verwundert, **„und warum nicht?"** —

„Es scheint mir doch gewissermaßen bedenklich, meine **Seele** an meinen Schatten zu setzen." — — „So, so!" wiederholte er, „bedenklich," **und** er brach **in** ein **lautes** Gelächter gegen mich aus. „Und, wenn ich **fragen darf,** was ist denn das für ein Ding, Ihre Seele? haben Sie **es je gesehen, und** was denken Sie damit **anzufangen, wenn Sie einst tot sind?** Seien Sie **doch** froh, einen Liebhaber zu finden, **der Ihnen bei** Lebenszeit **noch** den Nachlaß dieses X, dieser galvanischen Kraft **oder** polarisirenden Wirksamkeit, und was alles das närrische Ding sein soll, **mit etwas** Wirklichem bezahlen will, nämlich mit Ihrem leibhaftigen **Schatten,** durch **den Sie** zu der Hand Ihrer Geliebten und **zu der** Erfüllung aller Ihrer Wünsche gelangen **können.** Wollen Sie lieber selbst das arme junge Blut dem niederträchtigen Schurken, dem **Rascal,** zustoßen **oder** ausliefern? — Nein, das müssen Sie doch mit eigenen Augen ansehen; **kommen** Sie, ich leihe Ihnen die Tarnkappe' hier"— er zog etwas aus der Tasche — „und wir wallfahren ungesehen nach **dem Förstergarten."** —

Ich muß gestehen, **daß ich** mich überaus schämte, von diesem Manne ausgelacht zu werden. Er war mir von Herzensgrunde verhaßt, und ich glaube, daß mich dieser persönliche Widerwille mehr als Grundsätze oder Vorurteile abhielt, meinen Schatten, so notwendig er mir auch war, mit der begehrten Unterschrift zu erkaufen. Auch war mir der Gedanke unerträglich, den Gang, den er mir antrug, **in** seiner Gesellschaft zu unternehmen. Diesen häßlichen Schleicher, diesen hohnlächelnden Kobold, zwischen mich und meine Geliebte, zwei blutig zerrissene Herzen, spöttisch hintreten zu sehen, empörte mein innigstes Gefühl. Ich nahm, was geschehen war, als verhängt **an,** mein Elend als unabwendbar, und mich **zu** dem Manne kehrend, sagte ich ihm:

„Mein Herr, ich habe Ihnen meinen Schatten für diesen an sich sehr vorzüglichen Säckel verkauft, und es hat mich genug gereut. Kann der Handel zurückgehen, in Gottes Namen!" Er schüttelte mit dem Kopf und zog ein sehr finsteres Gesicht. Ich fuhr fort: — „So will ich Ihnen auch weiter nichts von meiner Habe verkaufen, es sei auch um den angebotenen Preis meines Schattens, und unterschreibe also nichts. Daraus läßt sich auch

abnehmen, daß die Verkappung, zu der Sie mich einladen, ungleich belustigender für Sie als für mich ausfallen müßte; halten Sie mich also für entschuldigt, und da es einmal nicht anders ist, — laßt uns scheiden!" —

„Es ist mir leid, Monsieur Schlemihl, daß Sie eigensinnig das Geschäft von der Hand weisen, das ich Ihnen freundschaftlich anbot. Indessen, vielleicht bin ich ein andermal glücklicher.

Auf baldiges Wiedersehen! — A propos, erlauben Sie mir noch, Ihnen zu zeigen, daß ich die Sachen, die ich kaufe, keineswegs verschimmeln lasse, sondern in Ehren halte, und daß sie bei mir gut aufgehoben sind." —

Er zog sogleich meinen Schatten aus seiner Tasche, und ihn mit einem geschickten Wurf auf der Heide entfaltend, breitete er ihn auf der Sonnenseite zu seinen Füßen aus, so, daß er zwischen den beiden ihm aufwartenden Schatten, dem meinen und dem seinen, daher ging, denn meiner mußte ihm gleichfalls gehorchen und nach allen seinen Bewegungen sich richten und bequemen. Als ich nach so langer Zeit einmal meinen armen Schatten wieder sah und ihn zu solchem schnöden Dienste herabgewürdigt fand, eben als ich um seinetwillen in so namenloser Not war, da brach mir das Herz, und ich fing bitterlich zu weinen an. Der Verhaßte stolzierte mit dem mir abgejagten Raub und erneuerte unverschämt seinen Antrag:

„Noch ist er für Sie zu haben, ein Federzug, und Sie retten damit die arme unglückliche Mina aus des Schuftes Klauen in des hochgeehrten Herrn Grafen Arme — wie gesagt, nur ein Federzug." Meine Thränen brachen mit erneuter Kraft hervor, aber ich wandte mich weg und winkte ihm, sich zu entfernen.

Bendel, der voller Sorgen meine Spuren bis hieher verfolgt hatte, traf in diesem Augenblick ein. Als mich die treue, fromme Seele weinend fand und meinen Schatten, denn er war nicht zu verkennen, in der Gewalt des wunderlichen grauen Unbekannten sah, beschloß er gleich, sei es auch mit Gewalt, mich in den Besitz meines Eigentums wieder herzustellen, und da er selbst mit dem zarten Dinge nicht umzugehen verstand, griff er gleich den Mann mit Worten an, und ohne vieles Fragen gebot er ihm stracks, mir das Meine unverzüglich verabfolgen zu lassen. Dieser, statt aller Antwort, kehrte dem unschuldigen Burschen den Rücken und ging. Bendel erhob den Kreuzdornknüttel, den er trug, und ihm auf den Fersen folgend, ließ er ihn schonungslos unter wiederholtem Befehl, den Schatten herzugeben, die volle Kraft seines nervichten Arms fühlen. Jener, als sei er solcher Behandlung gewohnt, bückte den Kopf, wölbte die Schultern und zog stillschweigend ruhigen Schrittes seinen Weg über die Heide weiter, mir meinen Schatten zugleich und meinen treuen Diener entführend. Ich hörte lange noch den dumpfen Schall durch die Einöde dröhnen, bis er sich endlich in der Entfernung verlor. Einsam war ich wie vorher mit meinem Unglück.

VI.

Allein zurückgeblieben auf der öden Heide, ließ ich unendlichen Thränen freien Lauf, mein armes Herz von namenloser banger Last erleichternd. Aber ich sah meinem überschwenglichen Elend keine Grenzen, keinen Ausgang, kein Ziel, und ich sog besonders mit grimmigem Durst an dem neuen Gifte, das der Unbekannte in meine Wunden gegossen. Als ich Minas Bild vor meine Seele rief und die geliebte, süße Gestalt bleich und in Thränen mir erschien, wie ich sie zuletzt in meiner Schmach gesehen, da trat frech und höhnend Raskals Schemen[1] zwischen sie und mich, ich verhüllte mein Gesicht und floh durch die Einöde, aber die scheußliche Erscheinung gab mich nicht frei,[2] sondern verfolgte mich im Laufe, bis ich atemlos an den Boden sank und die Erde mit erneuertem Thränenquell befeuchtete.

Und alles um einen Schatten! Und diesen Schatten hätte mir ein Federzug wieder erworben. Ich überdachte den befremdenden Antrag und meine Weigerung. Es war wüst in mir, ich hatte weder Urteil noch Fassungsvermögen mehr.[3]

Der Tag verging, ich stillte meinen Hunger mit wilden

Früchten, meinen Durst im nächsten Bergstrom; die Nacht brach ein, ich lagerte mich unter einem Baum. Der feuchte Morgen weckte mich aus einem schweren Schlaf, in dem ich mich selber wie im Tode röcheln hörte. B e n d e l mußte meine Spur verloren haben, und es freute mich, es zu denken. Ich wollte nicht unter die Menschen zurückkehren, vor welchen ich schreckhaft floh, wie das scheue Wild des Gebirges. So verlebte ich drei bange Tage.

Ich befand mich am Morgen des vierten auf einer sandigen Ebene, welche die Sonne beschien, und saß auf Felsentrümmern in ihrem Strahl, denn ich liebte jetzt, ihren lang entbehrten Anblick zu genießen. Ich nährte still mein Herz mit seiner Verzweiflung. Da schreckte mich ein leises Geräusch auf, ich warf, zur Flucht bereit, den Blick um mich her, ich sah niemand: aber es kam auf dem sonnigen Sande an mir vorbei geglitten ein Menschenschatten, dem meinigen nicht unähnlich, welcher, allein daher wandelnd, von seinem Herrn abgekommen zu sein schien.

Da erwachte in mir ein mächtiger Trieb: „Schatten, dacht' ich, suchst du deinen Herrn? der will ich sein." Und ich sprang hinzu, mich seiner zu bemächtigen; ich dachte nämlich, daß, wenn es mir glückte, in seine Spur zu treten, so, daß er mir an die Füße käme, er wohl daran hängen bleiben würde und sich mit der Zeit an mich gewöhnen.

Der Schatten, auf meine Bewegung, nahm vor mir die Flucht, und ich mußte auf den leichten Flüchtling eine angestrengte Jagd beginnen, zu der mich allein der Gedanke, mich aus der furchtbaren Lage, in der ich war, zu retten, mit hinreichenden Kräften ausrüsten konnte. Er floh einem freilich noch entfernten Walde zu, in dessen Schatten ich ihn notwendig hätte verlieren müssen, ich sah's, ein Schreck durchzuckte mir das Herz, fachte meine Begierde an, beflügelte meinen Lauf — ich gewann sichtbarlich auf den Schatten, ich kam ihm nach und nach näher, ich mußte ihn erreichen. Nun hielt er plötzlich an und kehrte sich nach mir um. Wie der Löwe auf seine Beute, so schoß ich mit einem gewaltigen Sprunge hinzu, um ihn in Besitz zu nehmen — und traf unerwartet und hart auf körperlichen Widerstand. Es wurden mir unsichtbar die unerhörtesten Rippenstöße erteilt, die wohl je ein Mensch gefühlt hat.

Die Wirkung des Schreckens war in mir, die Arme krampfhaft zuzuschlagen und fest zu drücken, was ungesehen vor mir stand. Ich stürzte in der schnellen Handlung vorwärts gestreckt auf den Boden; rückwärts aber unter mir ein Mensch, den ich umfaßt hielt und der jetzt erst sichtbar erschien.

Nun ward mir auch das ganze Ereignis sehr natürlich erklärbar. Der Mann mußte das unsichtbare Vogelnest,⁵ welches den, der es hält, nicht aber seinen Schatten, unsichtbar gemacht, erst getragen und jetzt weggeworfen haben. Ich spähete mit dem Blick umher, entdeckte gar bald den Schatten des unsichtbaren Nestes selbst, sprang auf und hinzu und verfehlte nicht den teuern Raub. Ich hielt unsichtbar, schattenlos das Nest in Händen.

Der schnell sich aufrichtende Mann, **sich** sogleich nach seinem beglückten Bezwinger umsehend, erblickte auf der weiten sonnigen Ebene weder ihn noch dessen Schatten, nach dem er besonders ängstlich umherlauschte. Denn daß **ich an und** für mich schattenlos war, hatte er vorher nicht Muße gehabt zu bemerken und konnte es nicht vermuten. Als er sich überzeugt, daß jede Spur verschwunden, kehrte er in der höchsten Verzweiflung die **Hand** gegen sich selber und raufte sich das Haar aus. Mir aber gab der errungene Schatz die Möglichkeit und die Begierde zugleich, mich wieder unter die Menschen zu mischen. Es fehlte **mir** nicht an Vorwand gegen mich selber, meinen schnöden Raub **zu** beschönigen, oder vielmehr, ich bedurfte solches nicht, und jedem Gedanken der Art zu entweichen, eilte ich hinweg, nach dem Unglücklichen nicht zurückschauend, dessen ängstliche Stimme ich mir noch lange nachschallen hörte. So wenigstens kamen mir damals alle Umstände dieses Ereignisses vor.

Ich brannte, nach dem Förstergarten zu gehen und durch mich selbst die Wahrheit dessen zu erkennen, was mir jener Verhaßte verkündigt hatte; ich wußte aber nicht, wo ich war, ich bestieg, um mich in der Gegend umzuschauen, den nächsten Hügel, ich **sah von seinem** Gipfel das nahe Städtchen und den Förstergarten zu meinen Füßen liegen. — Heftig klopfte mir das Herz, und Thränen einer andern Art, als ich die bis dahin vergossen, traten mir in die Augen: ich sollte sie wiedersehen. — Bange Sehnsucht beschleunigte meine Schritte auf dem richtigsten Pfad hinab. Ich kam ungesehen an einigen Bauern vorbei, die aus der Stadt kamen. Sie sprachen von mir, Raskaln und dem Förster; ich wollte nichts anhören, **ich** eilte vorüber.

Ich trat in den Garten, alle Schauer der Erwartung in der Brust — mir schallte es wie ein Lachen entgegen, mich schauderte, ich warf einen schnellen Blick um mich her; ich konnte niemand entdecken. Ich schritt weiter vor, mir war's, als vernähme ich neben mir ein Geräusch wie von Menschentritten; es war aber nichts zu sehen: ich dachte mich von meinem Ohr getäuscht. Es war noch früh, niemand in Graf Peters Laube, noch leer der Garten; ich durchschweifte die bekannten Gänge, ich drang bis nach dem Wohnhause vor. Dasselbe Geräusch verfolgte mich vernehmlicher. Ich setzte mich mit angstvollem Herzen auf eine Bank, die im sonnigen Raume der Hausthür gegenüberstand. Es ward mir, als hörte ich den ungesehenen Kobold sich hohnlachend neben mich setzen. Der Schlüssel ward in der Thür gedreht, sie ging auf, der Forstmeister trat heraus, mit Papieren in der Hand. Ich fühlte mir wie Nebel über den Kopf ziehn, ich sah mich um, und — Entsetzen — der Mann im grauen Rock saß neben mir, mit satanischem Lächeln auf mich blickend. — Er hatte mir seine Tarnkappe mit über den Kopf gezogen, zu seinen Füßen lagen sein und mein Schatten friedlich nebeneinander; er spielte nachlässig mit dem bekannten Pergament, das er in der Hand hielt, und, indem der Forstmeister mit den Papieren beschäftigt im Schatten der Laube auf- und abging — beugte er sich vertraulich zu meinem Ohr und flüsterte mir die Worte:

„So hätten'Sie denn doch meine Einladung angenommen, und da säßen wir einmal zwei Köpfe unter einer Kappe! — Schon recht! schon recht! Nun geben Sie mir aber auch mein Vogelnest zurück, Sie brauchen es nicht mehr und sind ein zu ehrlicher Mann, um es mir vorenthalten zu wollen — doch keinen Dank dafür, ich versichere Sie, daß ich es Ihnen von Herzen gern geliehen habe." — Er nahm es unweigerlich aus meiner Hand, steckte es in die Tasche und lachte mich abermals aus und zwar so laut, daß sich der Forstmeister nach dem Geräusch umsah. — Ich saß wie versteinert da.

„Sie müssen mir doch gestehen," fuhr er fort, „daß so eine Kappe viel bequemer ist. Sie deckt doch nicht nur ihren Mann, sondern auch seinen Schatten mit, und noch so viele andere, als er mitzunehmen Lust hat. Sehen Sie, heute führ' ich wieder ihrer zwei." — Er lachte wieder. „Merken Sie sich's Schlemihl, was man anfangs mit Gutem nicht will,⁸ daß muß man am Ende doch gezwungen. Ich dächte noch, Sie kauften mir das Ding ab, nähmen die Braut zurück — denn noch ist es Zeit — und wir ließen den Raskal am Galgen baumeln, das wird uns ein Leichtes, solange es am Stricke nicht fehlt. — Hören Sie, ich gebe Ihnen noch meine Mütze in den Kauf."

Die Mutter trat heraus, und das Gespräch begann. — „Was macht Mina?" — „Sie weint." — „Einfältiges Kind! es ist doch nicht zu ändern!" — „Freilich nicht; aber sie so früh einem andern zu geben — — O Mann, du bist grausam gegen dein eigenes Kind." — „Nein, Mutter, das siehst du sehr falsch. Wenn sie, noch bevor sie ihre doch¹⁰ kindischen Thränen ausgeweint hat, sich als die Frau eines sehr reichen und geehrten Mannes findet, wird sie getröstet aus ihrem Schmerze wie aus einem Traum erwachen und Gott und uns danken, das wirst du sehen!" — „Gott gebe es!" — „Sie besitzt freilich jetzt sehr ansehnliche Güter; aber nach dem Aufsehen, das die unglückliche Geschichte mit dem Abenteurer gemacht hat, glaubst du, daß sich sobald eine andere, für sie so passende Partie, als der Herr Raskal, finden möchte? Weißt du, was für ein Vermögen er besitzt, der Herr Raskal? Er hat für sechs Millionen Güter hier im Lande, frei von allen Schulden, bar bezahlt. Ich habe die Dokumente in den Händen gehabt! Er war's, der mir überall das Beste vorweg genommen hat; und außerdem im Portefeuille Papiere auf Thomas John für circa viertehalb

Millionen." — „Er muß sehr viel gestohlen haben." — „Was sind das wieder für Reden! Er hat weislich gespart, wo verschwendet wurde." — „Ein Mann, der die Livree getragen hat. — „Dummes Zeug! er hat doch einen untadligen Schatten." — „Du hast recht, aber — —"

Der Mann im grauen Rock lachte und sah mich an. Die Thüre ging auf, und Mina trat heraus. Sie stützte sich auf den Arm einer Kammerfrau, stille Thränen flossen auf ihre schönen blassen Wangen. Sie setzte sich in einen Sessel, der für sie unter den Linden bereitet war, und ihr Vater nahm einen Stuhl neben ihr. Er faßte zärtlich ihre Hand und redete sie, die heftig zu weinen anfing, mit zarten Worten an:

„Du bist mein gutes, liebes Kind, du wirst auch vernünftig sein, wirst nicht deinen alten Vater betrüben wollen, der nur dein Glück will; ich begreife es wohl, liebes Herz, daß es dich sehr erschüttert hat, du bist wunderbar deinem Unglück entkommen! Bevor wir diesen schändlichen Betrug entdeckt, hast du diesen Unwürdigen sehr geliebt! Siehe, Mina, ich weiß es und mache dir keine Vorwürfe darüber. Ich selber, liebes Kind, habe ihn auch geliebt, so lange ich ihn für einen großen Herrn angesehen habe. Nun siehst du selber ein, wie anders alles geworden. Was! Ein jeder Pudel hat ja seinen Schatten und mein liebes einziges Kind sollte einen Mann — — Nein, du denkst auch gar nicht mehr an ihn. — Höre, Mina, nun wirbt ein Mann um dich, der die Sonne nicht scheut, ein gelehrter Mann, der freilich kein Fürst ist, aber zehn Millionen, zehnmal mehr als du, im Vermögen besitzt, ein Mann, der mein liebes Kind glücklich machen wird. Erwidere mir nichts, widersetze dich nicht, sei meine gute, gehorsame Tochter, laß deinen liebenden Vater für dich sorgen, deine Thränen trocknen. Versprich mir, dem Herrn Raskal deine Hand zu geben. — Sage, willst du mir dies versprechen?"

Sie antwortete mit erstorbener Stimme: „Ich **habe** keinen **Willen, keinen Wunsch** fürder[11] auf Erden. Geschehe mit mir, **was mein Vater** will." Zugleich ward Herr Raskal angemeldet und trat frech in den Kreis. Mina lag in Ohnmacht. Mein verhaßter Gefährte blickte **mich** zornig an und flüsterte mir die schnellen Worte: „Und **das** könnten Sie erdulden! Was fließt Ihnen denn statt **des Blutes in den** Adern?" Er ritzte mir mit einer **raschen Bewegung eine** leichte Wunde in die Hand, es floß Blut, **er fuhr** fort: „Wahrhaftig! rotes Blut! — So unterschreiben Sie!" **Ich** hatte **das** Pergament und die Feder in Händen.

VII.

Ich werde mich deinem Urteile bloßstellen, lieber Chamisso, und es nicht **zu** bestechen suchen. **Ich** selbst habe lange strenges Gericht an mir selber vollzogen, denn ich habe **den** quälenden Wurm in meinem Herzen genährt. Es schwebte immerwährend dieser ernste Moment meines Lebens vor meiner Seele, und ich vermocht' es **nur** zweifelnden Blickes, mit Demut und Zerknirschung anzuschauen. — Lieber Freund, wer leichtsinnig nur den Fuß aus der geraden Straße setzt, der wird unversehens in andere Pfade abgeführt, die abwärts und immer abwärts ihn ziehen; er sieht dann umsonst die Leitsterne am Himmel schimmern, ihm bleibt keine Wahl, **er** muß unaufhaltsam den Abhang hinab und sich selbst der Nemesis opfern. Nach dem übereilten Fehltritt, der den Fluch auf mich geladen, hatt' ich durch Liebe frevelnd in eines andern Wesens Schicksal mich gedrängt; was blieb mir übrig, als, wo ich Verderben gesäet, wo schnelle Rettung von mir geheischt ward, eben rettend blindlings hinzuzuspringen? denn die letzte Stunde schlug. — Denke nicht so niedrig von mir, mein Adelbert, als zu meinen, es hätte

mich irgend ein geforderter Preis zu teuer gedünkt, ich hätte mit
irgend etwas, was nur mein war, mehr als eben mit Gold ge=
kargt. — Nein, A d e l b e r t; aber mit unüberwindlichem Hasse
gegen diesen rätselhaften Schleicher auf krummen Wegen war
meine Seele angefüllt. Ich mochte ihm Unrecht thun, doch
empörte mich jede Gemeinschaft mit ihm. — Auch hier trat, wie
so oft schon in mein Leben, und wie überhaupt so oft in die Welt=
geschichte, ein Ereignis an die Stelle einer That.[1] Später habe
ich mich mit mir selber versöhnt. Ich habe erstlich diese Not=
wendigkeit verehren lernen, und was ist mehr als die gethane
That, das geschehene Ereignis, ihr Eigentum! Dann hab' ich
auch diese Notwendigkeit als eine weise Fügung verehren lernen,
die durch das gesamte große Getrieb weht, darin wir bloß als
mitwirkende, getriebene treibende Räder eingreifen; was sein
soll, muß geschehen, was sein sollte, geschah, und nicht ohne jene
Fügung, die ich endlich noch in meinem Schicksale und dem
Schicksale derer, die das meine mit angriff, verehren lernte.

Ich weiß nicht, ob ich es der Spannung meiner Seele, unter
dem Drange so mächtiger Empfindungen, zuschreiben soll, ob
der Erschöpfung meiner physischen Kräfte, die während der
letzten Tage ungewohntes Darben geschwächt, ob endlich dem
zerstörenden Aufruhr, den die Nähe dieses grauen Unholdes in
meiner ganzen Natur erregte: genug es befiel mich, als es an
das Unterschreiben ging, eine tiefe Ohnmacht, und ich lag eine
lange Zeit wie in den Armen des Todes.

Fußstampfen und Fluchen waren die ersten Töne, die mein
Ohr trafen, als ich zum Bewußtsein zurückkehrte; ich öffnete die
Augen, es war dunkel, mein verhaßter Begleiter war scheltend
um mich bemüht. „Heißt das nicht wie ein altes Weib sich auf=
führen! — Man raffe sich auf und vollziehe frisch, was man
beschlossen, oder hat man sich anders besonnen und will lieber
greinen[2]?"—Ich richtete mich mühsam auf von der Erde, wo ich

lag, und schaute schweigend um mich. Es war später Abend, aus dem hellerleuchteten Försterhause erscholl festliche Musik, einzelne Gruppen von Menschen wallten durch die Gänge des Gartens. Ein paar traten im Gespräche näher und nahmen Platz auf der Bank, worauf ich früher gesessen hatte. Sie unterhielten sich **von** der an diesem Morgen vollzogenen Verbindung **des** reichen Herrn Raskal mit der Tochter des Hauses. — Es war also geschehen.

Ich streifte mit der Hand die **Tarnkappe des** sogleich mir verschwindenden Unbekannten von meinem Haupte weg **und** eilte stillschweigend, in die tiefste Nacht des Gebüsches mich versenkend, den Weg über Graf Peters Laube einschlagend, dem Ausgange des Gartens zu. Unsichtbar aber geleitete mich mein Plagegeist, mich mit scharfen Worten verfolgend. „Das ist also der Dank für die Mühe, die man genommen hat, Monsieur, **der** schwache Nerven hat, den langen lieben Tag hindurch **zu** pflegen. Und man soll den Narren im Spiele abgeben. Gut, Herr Trotzkopf, fliehn Sie nur vor mir, wir sind doch untrennlich. Sie haben mein Gold und ich Ihren Schatten; das läßt uns beiden keine Ruhe. — Hat man je gehört, daß ein Schatten von seinem Herrn gelassen hätte? Ihrer zieht mich Ihnen nach, bis Sie ihn wieder zu Gnaden annehmen und ich ihn los bin. Was Sie versäumt haben aus frischer Lust zu thun, werden Sie nur zu spät aus Ueberdruß und Langeweile nachholen müssen; man entgeht seinem Schicksale nicht." Er sprach aus demselben Tone fort und fort; ich floh umsonst, er ließ nicht nach, und immer gegenwärtig, redete er höhnend von Gold und Schatten. Ich konnte zu keinem eigenen Gedanken kommen.

Ich hatte durch menschenleere Straßen einen Weg nach meinem Hause eingeschlagen. Als ich davor stand und es ansah, konnte ich es kaum erkennen; hinter den eingeschlagenen

Fenstern brannte kein Licht. Die Thüren waren zu, kein Dienervolk regte sich mehr darin. Er lachte laut auf neben mir: „Ja, ja, so geht's! Aber Ihren Bendel finden Sie wohl daheim, den hat man jüngst vorsorglich so müde nach Hause geschickt, daß er es wohl seitdem gehütet haben wird." Er lachte wieder. „Der wird Geschichten zu erzählen haben! — Wohlan denn! für heute gute Nacht, auf baldiges Wiedersehen!"

Ich hatte wiederholt geklingelt, es erschien Licht; Bendel frug von innen, wer geklingelt habe. Als der gute Mann meine Stimme erkannte, konnte er seine Freude kaum bändigen! die Thür flog auf, wir lagen weinend einander in den Armen. Ich fand ihn sehr verändert, schwach und krank: mir war aber das Haar ganz grau geworden.

Er führte mich durch die verödeten Zimmer nach einem innern, verschont gebliebenen Gemach; er holte Speise und Trank herbei, wir setzten uns, er fing wieder an zu weinen. Er erzählte mir, daß er letzthin den grau gekleideten dürren Mann, den er mit meinem Schatten angetroffen hatte, so lange und so weit geschlagen habe, bis er selbst meine Spur verloren und vor Müdigkeit hingesunken sei; daß nachher, wie er mich nicht wieder finden gekonnt, er nach Hause zurückgekehrt, wo bald darauf der Pöbel, auf Raskals Anstiften, herangestürmt, die Fenster eingeschlagen und seine Zerstörungslust gebüßt. So hatten sie an ihrem Wohlthäter gehandelt. Meine Dienerschaft war auseinander geflohen. Die örtliche Polizei hatte mich als verdächtig aus der Stadt verwiesen und mir eine Frist von vierundzwanzig Stunden festgesetzt, um deren Gebiet zu verlassen. Zu dem was mir von Raskals Reichtum und Vermählung bekannt war, wußte er noch vieles hinzuzufügen. Dieser Bösewicht, von dem alles ausgegangen, was hier gegen mich geschehen war, mußte von Anbeginn mein Geheimnis besessen haben, es schien, er habe, vom Golde angezogen, sich an mich zu drängen gewußt und **schon in der ersten** Zeit einen Schlüssel zu jenem Goldschrank sich verschafft, wo er den Grund zu dem Vermögen gelegt, den noch zu vermehren er jetzt verschmähen konnte.

Das alles erzählte mir Bendel unter häufigen Thränen und weinte dann wieder vor Freuden, daß er mich wieder sah, mich wieder hatte und daß, nachdem er lange gezweifelt, wohin das Unglück mich gebracht haben möchte, er mich es ruhig und gefaßt ertragen sah. Denn solche Gestaltung hatte nun die Verzweiflung in mir genommen. Ich sah mein Elend riesengroß, unwandelbar vor mir, ich hatte ihm⁶ meine Thränen ausgeweint, es konnte kein Geschrei mehr aus meiner Brust pressen, ich trug ihm⁵ kalt und gleichgültig mein entblößtes Haupt entgegen.

„Bendel," hub ich an, „du weißt mein Los. Nicht ohne früheres Verschulden trifft mich schwere Strafe. Du sollst länger nicht, unschuldiger Mann, dein Schicksal an das meine binden, ich will es nicht. Ich reite die Nacht noch fort, sattle mir ein Pferd, ich reite allein; du bleibst, ich will's. Es müssen hier noch einige Kisten Goldes liegen, das behalte du. Ich werde allein unstät in der Welt wandern; wann mir aber je eine heitere Stunde wieder lacht und das Glück mich versöhnt anblickt, dann will ich deiner getreu gedenken, denn ich habe an deiner getreuen Brust in schweren, schmerzlichen Stunden geweint."

Mit gebrochenem Herzen mußte der Redliche diesem letzten Befehle seines Herrn, worüber er in der Seele erschrak, gehorchen; ich war seinen Bitten, seinen Vorstellungen taub, blind seinen Thränen;⁶ er führte mir das Pferd vor. Ich drückte noch einmal den Weinenden an meine Brust, schwang mich in den Sattel und entfernte mich unter dem Mantel der Nacht von dem Grabe meines Lebens, unbekümmert, welchen Weg mein Pferd mich führen werde; denn ich hatte weiter auf Erden kein Ziel, keinen Wunsch, keine Hoffnung.

VIII.

Es gesellte sich bald ein Fußgänger zu mir, welcher mich bat, nachdem er eine Weile neben meinem Pferde geschritten war, da wir doch denselben Weg hielten, einen Mantel, den er trug, hinten auf mein Pferd legen zu dürfen; ich ließ es stillschweigend geschehen. Er dankte mir mit leichtem Anstand für den leichten Dienst, lobte mein Pferd, nahm daraus Gelegenheit, das Glück und die Macht der Reichen hoch zu preisen, und ließ sich, ich weiß nicht wie, in eine Art von Selbstgespräch ein, bei dem er mich bloß zum Zuhörer hatte.

Er entfaltete seine Ansichten von dem Leben und der Welt und kam sehr bald auf die Metaphysik, an die die Forderung erging, das Wort aufzufinden, das aller Rätsel Lösung sei. Er setzte die Aufgabe mit vieler Klarheit auseinander und schritt fürder zu deren Beantwortung.

Du weißt, mein Freund, daß ich deutlich erkannt habe, seitdem ich den Philosophen durch die Schule gelaufen, daß ich zur philosophischen Spekulation keineswegs berufen bin, und ich mir dieses Feld völlig abgesprochen habe; ich habe seither vieles auf sich beruhen lassen,[1] vieles zu wissen und zu begreifen Verzicht geleistet und bin, wie du es mir selber geraten, meinem geraden Sinn vertrauend, der Stimme in mir, so viel es in meiner Macht gewesen, auf dem eigenen Wege gefolgt. Nun schien mir dieser Redekünstler mit großem Talent ein festgefügtes Gebäude aufzuführen, das in sich selbst begründet sich emportrug und wie durch eine innere Notwendigkeit bestand. Nur vermißt' ich ganz in ihm, was ich eben hätte suchen wollen, und so ward es mir zu einem bloßen Kunstwerk, dessen zierliche Geschlossenheit und Vollendung dem Auge allein zur Ergötzung diente; aber ich hörte dem wohlberedten Manne gerne zu, der meine Aufmerksamkeit von meinen Leiden auf sich selbst abgelenkt, und ich hätte mich willig ihm ergeben, wenn **er** meine Seele wie meinen Verstand in Anspruch genommen hätte.

Mittlerweile war die Zeit hingegangen, und unbemerkt hatte schon die Morgendämmerung den Himmel erhellt; ich erschrak, als ich mit einemmal aufblickte und **im Osten** die Pracht der Farben sich entfalten sah, die die nahe Sonne verkünden, und gegen sie war in dieser Stunde, wo die Schlagschatten mit ihrer ganzen Ausdehnung prunken, kein Schutz, **kein** Vollwerk in der offenen Gegend zu ersehen! und **ich war** nicht allein! Ich warf **einen** Blick auf meinen Begleiter und erschrak wieder. — Es **war** kein anderer als der Mann im grauen Rock.

Er lächelte über meine Bestürzung und fuhr fort, ohne mich zum Wort kommen zu lassen: „Laßt doch, wie es einmal in der Welt Sitte ist, unsern wechselseitigen Vorteil uns auf eine Weile verbinden, zu scheiden haben wir immer noch Zeit. Die Straße hier längs dem Gebirge, ob Sie gleich noch nicht daran gedacht haben, ist doch die einzige, die Sie vernünftigerweise einschlagen können; hinab in **das** Thal dürfen Sie nicht, und über das Gebirg werden Sie noch weniger zurückkehren wollen, von wo Sie hergekommen sind — diese ist auch gerade meine Straße.— Ich sehe Sie schon vor **der** aufgehenden Sonne erblassen. Ich **will** Ihnen Ihren Schatten auf die Zeit unserer Gesellschaft **leihen**, und Sie dulden mich dafür in Ihrer Nähe; Sie haben so Ihren Bendel nicht mehr bei sich; ich will Ihnen gute Dienste leisten. **Sie** lieben mich nicht, das ist mir leid. Sie können mich darum doch benutzen. Der Teufel ist nicht so schwarz, als man ihn malt. Gestern haben Sie mich geärgert, das ist wahr, heute will ich's Ihnen nicht nachtragen, und ich habe Ihnen **schon** den Weg bis hieher verkürzt, das müssen Sie selbst gestehen. — Nehmen Sie doch nur einmal Ihren Schatten auf Probe wieder an."

Die Sonne war aufgegangen, auf **der** Straße kamen uns

Menschen entgegen; ich nahm, obgleich mit innerlichem Widerwillen, den Antrag an. Er ließ lächelnd meinen Schatten zur Erde gleiten, der alsbald seine Stelle auf des Pferdes Schatten einnahm und lustig neben mir her trabte. Mir war sehr seltsam zu Mute. Ich ritt an einem Trupp Landleute vorbei, die vor einem wohlhabenden Mann ehrerbietig mit entblößtem Haupte Platz machten. Ich ritt weiter und blickte gierigen Auges und klopfenden Herzens seitwärts vom Pferde herab auf diesen sonst meinen Schatten, den ich jetzt von einem Fremden, ja von einem Feinde erborgt hatte.

Dieser ging unbekümmert nebenher und pfiff eben ein Liedchen. Er zu Fuß, ich zu Pferd, ein Schwindel ergriff mich, die Versuchung war zu groß, ich wandte plötzlich die Zügel, drückte beide Sporen an, und so in voller Karriere einen Seitenweg eingeschlagen;* aber ich entführte den Schatten nicht, der bei der Wendung vom Pferde glitt und seinen gesetzmäßigen Eigentümer auf der Landstraße erwartete. Ich mußte beschämt umlenken; der Mann im grauen Rocke, als er ungestört sein Liedchen zu Ende gebracht, lachte mich aus, setzte mir den Schatten wieder zurecht und belehrte mich, er würde erst an mir festhangen und bei mir bleiben wollen, wann ich ihn wiederum als rechtmäßiges Eigentum besitzen würde. „Ich halte Sie," fuhr er fort, „am Schatten fest, und Sie kommen mir nicht los." Ein reicher Mann wie Sie, braucht einmal einen Schatten, das ist nicht anders, Sie sind nur darin zu tadeln, daß Sie es nicht früher eingesehen haben." —

Ich setzte meine Reise auf derselben Straße fort; es fanden sich bei mir alle Bequemlichkeiten des Lebens und selbst ihre Pracht wieder ein; ich konnte mich frei und leicht bewegen, da ich einen, obgleich nur erborgten Schatten besaß, und ich flößte überall die Ehrfurcht ein, die der Reichtum gebietet; aber ich hatte den Tod im Herzen. Mein wundersamer Begleiter, der sich selbst für den unwürdigen Diener des reichsten Mannes in der Welt ausgab, war von einer außerordentlichen Dienstfertigkeit, über die Maßen gewandt und geschickt, der wahre Inbegriff eines Kammerdieners für einen reichen Mann, aber er wich nicht von meiner Seite und führte unaufhörlich das Wort gegen mich, stets die größte Zuversicht an den Tag legend, daß ich endlich, sei es auch nur, um ihn los zu werden, den Handel mit dem Schatten abschließen würde. — Er war mir ebenso lästig als verhaßt. Ich konnte mich ordentlich vor ihm fürchten. Ich hatte mich von ihm abhängig gemacht. Er hielt mich, nachdem er mich in die Herrlichkeit der Welt, die ich floh, zurückgeführt hatte. Ich mußte seine Beredsamkeit über mich ergehen lassen und fühlte schier, er habe recht.⁵ Ein Reicher muß in der Welt einen Schatten haben, und sobald ich den Stand behaupten wollte, den er mich wieder geltend zu machen verleitet hatte, war nur ein Ausgang zu ersehen. Dieses aber stand bei mir fest, nachdem ich meine Liebe hingeopfert, nachdem mir das Leben verblaßt war, wollt' ich meine Seele nicht, sei es um alle Schatten der Welt, dieser Kreatur verschreiben. Ich wußte nicht, wie es enden sollte.

Wir saßen einst vor einer Höhle, welche die Fremden, die das Gebirg bereisen, zu besuchen pflegen. Man hört dort das Gebrause unterirdischer Ströme aus ungemessener Tiefe heraufschallen, und kein Grund scheint den Stein, den man hineinwirft, in seinem hallenden Fall aufzuhalten. Er malte mir, wie er öfters that, mit verschwenderischer Einbildungskraft und im schimmernden Reize der glänzendsten Farben sorgfältig ausgeführte Bilder von dem, was ich in der Welt, kraft meines Säckels, ausführen würde, wenn ich erst meinen Schatten wieder in meiner Gewalt hätte. Die Ellbogen auf die Kniee gestützt, hielt ich mein Gesicht in meinen Händen verborgen und hörte dem Falschen zu, das Herz zwiefach geteilt, zwischen der Verführung und dem strengen Willen in mir. Ich konnte bei solchem innerlichen Zwiespalt länger nicht ausdauern und begann den entscheidenden Kampf.

„Sie scheinen, mein Herr, zu vergessen, daß ich Ihnen zwar erlaubt habe, unter gewissen Bedingungen in meiner Begleitung zu bleiben, daß ich mir aber meine völlige Freiheit vorbehalten habe." — „Wenn Sie befehlen, so pack' ich ein." Die Drohung war ihm geläufig. Ich schwieg. Er setzte sich gleich daran, meinen Schatten zusammenzurollen. Ich erblaßte, aber ich ließ es stumm geschehen. Es erfolgte ein langes Stillschweigen. Er nahm zuerst das Wort:

„Sie können mich nicht leiden, mein Herr, Sie hassen mich, ich weiß es; doch warum hassen Sie mich? Ist es etwa, weil Sie mich auf öffentlicher Straße angefallen und mir mein Vogelnest mit Gewalt zu rauben gemeint? oder ist es darum, daß Sie mein Gut, den Schatten, den Sie Ihrer bloßen Ehrlichkeit anvertraut glaubten, mir diebischer Weise zu entwenden gesucht haben? Ich meinerseits hasse Sie darum nicht; ich finde ganz natürlich, daß Sie alle Ihre Vorteile, List und Gewalt geltend zu machen suchen; daß Sie übrigens die allerstrengsten Grundsätze haben und wie die Ehrlichkeit selbst denken, ist eine Liebhaberei, wogegen ich auch nichts habe. — Ich denke in der That nicht so streng als Sie; ich handle bloß, wie Sie denken. Oder hab' ich Ihnen etwa irgend wann den Daumen auf die Gurgel gedrückt, um Ihre werteste Seele, zu der ich einmal Lust habe, an mich zu bringen? Hab' ich von wegen meines ausgetauschten Säckels einen Diener auf Sie losgelassen? Hab' ich Ihnen damit durchzugehen versucht?" Ich hatte dagegen nichts zu erwidern; er fuhr fort: „Schon recht, mein Herr, schon recht! Sie können mich nicht leiden; auch das begreife ich wohl und verarge es Ihnen weiter nicht. Wir müssen scheiden, das ist klar, und auch Sie fangen an, mir sehr langweilig vorzukommen. Um sich also meiner ferneren beschämenden Gegenwart völlig zu entziehen, rate ich es Ihnen noch einmal: kaufen Sie mir das Ding ab." — Ich hielt ihm den Säckel hin: „Um den Preis." — „Nein!" — Ich seufzte schwer auf und nahm wieder das Wort: „Auch also. Ich dringe darauf, mein Herr, laßt uns scheiden, vertreten Sie mir länger nicht den Weg auf einer Welt, die hoffentlich geräumig genug ist für uns beide." Er lächelte und erwiderte: „Ich gehe, mein Herr, zuvor aber will ich Sie unterrichten, wie Sie mir klingeln können, wenn Sie je Verlangen nach Ihrem unterthänigsten Knecht tragen sollten: Sie brauchen nur Ihren Säckel zu schütteln, daß die ewigen Goldstücke darinnen rasseln, der Ton zieht mich augenblicklich an. Ein jeder denkt auf seinen Vorteil in dieser Welt: Sie sehen, daß ich auf Ihren zugleich bedacht bin, denn ich eröffne Ihnen offenbar eine neue Kraft! — O dieser Säckel! — Und hätten gleich die Motten Ihren Schatten schon aufgefressen, der würde noch ein starkes Band zwischen uns sein. Genug, Sie haben mich an meinem Gold, befehlen Sie auch in der Ferne über Ihren Knecht, Sie wissen, daß ich mich meinen Freunden dienstfertig genug erweisen kann, und daß die Reichen besonders gut mit mir stehen; Sie haben es selbst gesehen. — Nur Ihren Schatten, mein Herr — das lassen Sie sich gesagt sein — nie wieder, als unter einer einzigen Bedingung."

Gestalten der alten Zeit traten vor meine Seele. Ich frug ihn schnell: „Hatten Sie eine Unterschrift vom Herrn J o h n?" — Er lächelte. — „Mit einem so guten Freund hab' ich es keineswegs nötig gehabt." — „Wo ist er? bei Gott, ich will es wissen!" Er steckte zögernd die Hand in die Tasche, und daraus bei den Haaren hervorgezogen erschien T h o m a s J o h n s bleiche, entstellte Gestalt und die blauen Leichenlippen bewegten sich zu schweren Worten: „Justo judicio Dei judicatus sum;

justo judicio Dei condemnatus sum."[10] Ich entsetzte mich, und schnell den klingenden Säckel in den Abgrund werfend, sprach ich zu ihm die letzten Worte: „So beschwör' ich dich im Namen Gottes, Entsetzlicher! hebe dich von dannen[11] und lasse dich nie wieder vor meinen Augen blicken!" Er erhub sich finster und verschwand sogleich hinter den Felsenmassen, die den wild bewachsenen Ort begrenzten.

IX.

Ich saß da ohne Schatten und ohne Geld; aber ein schweres Gewicht war von meiner Brust genommen, ich war heiter. Hätte ich nicht auch meine Liebe verloren, oder hätt' ich mich nur bei deren Verlust vorwurfsfrei gefühlt, ich glaube, ich hätte glücklich sein können — ich wußte aber nicht, was ich anfangen sollte. Ich durchsuchte meine Taschen und fand noch einige Goldstücke darin; ich zählte sie und lachte. — Ich hatte meine Pferde unten im Wirtshause, ich schämte mich, dahin zurückzukehren, ich mußte wenigstens den Untergang der Sonne erwarten; sie stand noch hoch am Himmel. Ich legte mich in den Schatten der nächsten Bäume und schlief ruhig ein.

Anmutige Bilder verwoben sich mir im luftigen Tanze zu einem gefälligen Traum. Mina, einen Blumenkranz in den Haaren, schwebte an mir vorüber und lächelte mich freundlich an. Auch der ehrliche Bendel war mit Blumen bekränzt und eilte mit freundlichem Gruße vorüber. Viele sah ich noch und, wie mich dünkt, auch dich, Chamisso, im fernen Gewühl; ein helles Licht schien, es hatte aber keiner einen Schatten, und was seltsamer ist, es sah nicht übel aus, — Blumen und Lieder, Liebe und Freude, unter Palmenhainen. — — Ich konnte die beweglichen, leicht verwehten, lieblichen Gestalten weder festhalten noch deuten; aber ich weiß, daß ich gern solchen Traum träumte und mich vor dem Erwachen in acht nahm; ich wachte wirklich schon und hielt noch die Augen zu, um die weichenden Erscheinungen länger vor meiner Seele zu behalten.

Ich öffnete endlich die Augen, die Sonne stand noch am Himmel, aber im Osten; ich hatte die Nacht verschlafen. Ich nahm es für ein Zeichen, daß ich nicht nach dem Wirtshause zurückkehren sollte. Ich gab leicht, was ich dort noch besaß,

verloren und beschloß, eine Nebenstraße, die durch den wald=
bewachsenen Fuß des Gebirges führte, zu Fuß einzuschlagen,
dem Schicksal es anheimstellend, was es mit mir vorhatte, zu
erfüllen. Ich schaute nicht hinter mich zurück und dachte auch
nicht daran, an Bendel, den ich reich zurückgelassen hatte,
mich zu wenden, welches ich allerdings gekonnt hätte. Ich sah
mich an auf den neuen Charakter, den ich in der Welt bekleiden
sollte: mein Anzug war sehr bescheiden. Ich hatte eine alte
schwarze Kurtka[1] an, die ich schon in Berlin getragen und die
mir, ich weiß nicht wie, zu dieser Reise erst wieder in die Hand
gekommen war. Ich hatte sonst eine Reisemütze auf dem Kopf
und ein Paar alte Stiefeln an den Füßen. Ich erhob mich,
schnitt mir an selbiger Stelle einen Knotenstock zum Andenken
und trat sogleich meine Wanderung an.

Ich begegnete im Walde einem alten Bauer, der mich freund=
lich begrüßte und mit dem ich mich in Gespräch einließ. Ich
erkundigte mich, wie ein wißbegieriger Reisender, erst nach dem
Wege, dann nach der Gegend und deren Bewohnern, den Er=
zeugnissen des Gebirges und derlei mehr.[2] Er antwortete ver=
ständig und redselig auf meine Fragen. Wir kamen an das
Bette eines Bergstromes, der über einen weiten Strich des
Waldes seine Verwüstung verbreitet hatte. Mich schauderte
innerlich vor dem sonnenhellen Raum; ich ließ den Landmann
vorangehen. Er hielt aber mitten im gefährlichen Orte still
und wandte sich zu mir, um mir die Geschichte dieser Ver=
wüstung zu erzählen. Er bemerkte bald, was mir fehlte, und
hielt mitten in seiner Rede ein: „Aber wie geht denn das zu,
der Herr hat ja keinen Schatten!" — „Leider! leider!" er=
widerte ich seufzend. „Es sind mir während einer bösen langen
Krankheit Haare, Nägel und Schatten ausgegangen. Seht,
Vater, in meinem Alter, die Haare, die ich wieder gekriegt
habe, ganz weiß, die Nägel sehr kurz, und der Schatten, der

will noch nicht wieder wachsen." — „Ei! ei!" versetzte der alte Mann kopfschüttelnd, „keinen Schatten, das ist bös! Das war eine böse Krankheit, die der Herr gehabt hat." Aber er hub seine Erzählung nicht wieder an, und bei dem nächsten Querweg, der sich darbot, ging er, ohne ein Wort zu sagen, von mir ab. — Bittere Thränen zitterten aufs neue auf meinen Wangen, und meine Heiterkeit war hin.

Ich setzte traurigen Herzens meinen Weg fort und suchte ferner keines Menschen Gesellschaft. Ich hielt mich im dunkelsten Walde und mußte manchmal, um über einen Strich, wo die Sonne schien, zu kommen, stundenlang darauf warten, daß mir keines Menschen Auge den Durchgang verbot. Am Abend suchte ich Herberge in den Dörfern zu nehmen. Ich ging eigentlich nach einem Bergwerk im Gebirge, wo ich Arbeit unter der Erde zu finden gedachte; denn, davon abgesehen, daß meine jetzige Lage mir gebot, für meinen Lebensunterhalt selbst zu sorgen, hatte ich dieses wohl erkannt, daß mich allein angestrengte Arbeit gegen meine zerstörenden Gedanken schützen könnte.

Ein paar regnichte Tage förderten mich leicht auf den Weg, aber auf Kosten meiner Stiefel, deren Sohlen für den Grafen Peter und nicht für den Fußknecht berechnet worden. Ich ging schon auf den bloßen Füßen. Ich mußte ein Paar neue Stiefel anschaffen. Am nächsten Morgen besorgte ich dieses Geschäft mit vielem Ernst in einem Flecken, wo Kirmes' war und wo in einer Bude alte und neue Stiefel zu Kauf standen. Ich wählte und handelte lange. Ich mußte auf ein Paar neue, die ich gern gehabt hätte, Verzicht leisten; mich schreckte die unbillige Forderung. Ich begnügte mich also mit alten, die noch gut und stark waren und die mir der schöne blondlockige Knabe, der die Bude hielt, gegen gleich bare Bezahlung freundlich lächelnd einhändigte, indem er mir Glück auf den Weg

wünschte. Ich zog sie gleich an und ging zum nördlich ge=
legenen Thor aus dem Ort.

Ich war in meinen Gedanken sehr vertieft und sah kaum, wo
ich den Fuß hinsetzte, denn ich dachte an das Bergwerk, wo ich
auf den Abend noch anzulangen hoffte und wo ich nicht recht
wußte, wie ich mich ankündigen sollte. Ich war noch keine
zweihundert Schritte gegangen, als ich bemerkte, daß ich aus

dem Wege gekommen war; ich sah mich danach um, ich befand
mich in einem wüsten, uralten Tannenwalde, woran die Axt nie
gelegt worden zu sein schien. Ich drang noch einige Schritte
vor, ich sah mich mitten unter öden Felsen, die nur mit Moos
und Steinbrucharten bewachsen waren, und zwischen welchen
Schnee= und Eisfelder lagen. Die Luft war sehr kalt, ich sah
mich um, der Wald war hinter mir verschwunden. Ich machte
noch einige Schritte — um mich herrschte die Stille des Todes,

unabsehbar dehnte sich das Eis, worauf ich stand, und worauf
ein dichter Nebel schwer ruhte; die Sonne stand blutig am
Rande des Horizontes. Die Kälte war unerträglich. Ich
wußte nicht, wie mir geschehen war, der erstarrende Frost zwang
mich, meine Schritte zu beschleunigen, ich vernahm nur das
Gebrause ferner Gewässer, ein Schritt, und ich war am Eis-
ufer eines Ozeans. Unzählbare Herden von Seehunden stürzten
sich vor mir rauschend in die Flut. Ich folgte diesem Ufer, ich
sah wieder nackte Felsen, Land, Birken- und Tannenwälder, ich
lief noch ein paar Minuten gerade vor mir hin. Es war er-
stickend heiß, ich sah mich um, ich stand zwischen schön gebauten
Reisfeldern unter Maulbeerbäumen. Ich setzte mich in deren
Schatten, ich sah nach meiner Uhr, ich hatte vor nicht einer
Viertelstunde den Marktflecken verlassen, — ich glaubte zu
träumen, ich biß mich in die Zunge, um mich zu erwecken; aber
ich wachte wirklich. — Ich schloß die Augen zu, um meine Gedanken zusammenzufassen. — Ich hörte vor mir seltsame Silben
durch die Nase zählen; ich blickte auf: zwei Chinesen, an der
asiatischen Gesichtsbildung unverkennbar, wenn ich auch ihrer
Kleidung keinen Glauben beimessen wollte, redeten mich mit
landesüblichen Begrüßungen in ihrer Sprache an; ich stand auf
und trat zwei Schritte zurück. Ich sah sie nicht mehr, die Landschaft war ganz verändert: Bäume, Wälder, statt der Reis-
felder. Ich betrachtete diese Bäume und die Kräuter, die um
mich blühten; die ich kannte, waren südöstlich asiatische Gewächse; ich wollte auf den einen Baum zugehen, ein Schritt —
und wiederum alles verändert. Ich trat nun an, wie ein
Rekrut, der geübt wird, und schritt langsam, gesetzt einher.
Wunderbar veränderliche Länder, Fluren, Auen, Gebirge,
Steppen, Sandwüsten entrollen sich vor meinem staunenden
Blick; es war kein Zweifel, ich hatte Siebenmeilenstiefel[5] an
den Füßen.

X.

Ich fiel in stummer Andacht auf meine Kniee und vergoß Thränen des Dankes — denn klar stand plötzlich meine Zukunft vor meiner Seele. Durch frühe Schuld von der menschlichen Gesellschaft ausgeschlossen, ward ich zum Ersatz an die Natur, die ich stets geliebt, gewiesen, die Erde[1] mir zu einem reichen Garten gegeben, das Studium[1] zur Richtung und Kraft meines Lebens, zu ihrem Ziel die Wissenschaft. Es war nicht ein Entschluß, den ich faßte. Ich habe nur seitdem, was da hell und vollendet im Urbild vor mein inneres Auge trat, getreu, mit stillem, strengem, unausgesetztem Fleiß darzustellen gesucht, und meine Selbstzufriedenheit hat von dem Zusammenfallen des Dargestellten mit dem Urbild abgehangen.

Ich raffte mich auf, um ohne Zögern mit flüchtigem Ueberblick Besitz von dem Felde zu nehmen, wo ich künftig ernten wollte. — Ich stand auf den Höhen des Tibet, und die Sonne, die mir vor wenigen Stunden aufgegangen war, neigte sich hier schon am Abendhimmel, ich durchwanderte Asien von Osten gegen Westen, sie in ihrem Lauf einholend, und trat in Afrika ein. Ich sah mich neugierig darin um, indem ich es wiederholt in allen Richtungen durchmaß. Wie ich durch Aegypten die alten Pyramiden und Tempel angaffte, erblickte ich in der Wüste, unfern des hundertthorigen Theben, die Höhlen, wo christliche Einsiedler sonst wohnten. Es stand plötzlich fest und klar in mir, hier ist dein Haus. — Ich erkor eine der verborgensten, die zugleich geräumig, bequem und den Schakalen unzugänglich war, zu meinem künftigen Aufenthalte und setzte meinen Stab weiter.[2]

Ich trat bei den Herkules=Säulen[3] nach Europa über, und nachdem ich seine südlichen und nördlichen Provinzen in Augenschein genommen, trat ich von Nordasien über den Polargletscher

nach Grönland und Amerika über, durchschweifte die beiden
Teile dieses Kontinents, und der Winter, der schon im Süden
herrschte, trieb mich schnell vom Kap Horn nordwärts zurück.

Ich verweilte mich, bis es im östlichen Asien Tag wurde, und
setzte erst nach einiger Ruh meine Wanderung fort. Ich ver=
folgte durch beide Amerika die Bergkette, die die höchsten be=
kannten Unebenheiten unserer Kugel in sich faßt. Ich schritt
langsam und vorsichtig von Gipfel zu Gipfel, bald über flam=
mende Vulkane, bald über beschneite Kuppeln, oft mit Mühe
atmend, ich erreichte den Eliasberg⁴ und sprang über die Beh=
ringsstraße nach Asien. — Ich verfolgte dessen östliche Küste
in ihren vielfachen Wendungen und untersuchte mit besonderer
Aufmerksamkeit, welche der dort gelegenen Inseln mir zugäng=
lich wären.⁵ Von der Halbinsel Malakka trugen mich meine
Stiefel auf Sumatra, Java, Bali und Lamboc, ich versuchte,
selbst oft mit Gefahr und dennoch immer vergebens, mir über
die kleineren Inseln und Felsen, wovon dieses Meer starrt,⁶ einen
Uebergang nordwestlich nach Borneo und andern Inseln dieses
Archipelagus zu bahnen. Ich mußte die Hoffnung aufgeben.
Ich setzte mich endlich auf die äußerste Spitze von Lamboc
nieder, und das Gesicht gegen Süden und Osten gewendet,
weint' ich wie am festverschlossenen Gitter meines Kerkers, daß
ich doch so bald meine Begrenzung gefunden. Das merkwürdige,
zum Verständnis der Erde und ihres sonnengewirkten⁷ Kleides,
der Pflanzen= und Tierwelt, so wesentlich notwendige Neu=
Holland und die Südsee mit ihren Zoophyten=Inseln waren mir
untersagt, und so war, im Ursprunge schon, alles, was ich sam=
meln und erbauen sollte, bloßes Fragment zu bleiben verdammt.
— O mein A delbert, was ist es doch um die Bemühungen
der Menschen!⁸

Oft habe ich im strengsten Winter der südlichen Halbkugel
vom Kap Horn aus jene zweihundert Schritte, die mich etwa

vom Lande van Diemen und Neu-Holland trennten, selbst unbekümmert um die Rückkehr, und sollte sich dieses schlechte Land über mich, wie der Deckel meines Sarges, schließen, über den Polargletscher westwärts zurückzulegen versucht, habe über Treibeis mit thörichter Wagnis verzweiflungsvolle Schritte gethan, der Kälte und dem Meere Trotz geboten. Umsonst, noch bin ich auf Neu-Holland nicht gewesen — ich kam dann jedesmal auf Lamboc zurück und setzte mich auf seine äußerste Spitze nieder und weinte wieder, das Gesicht gen Süden und Osten gewendet, wie am festverschlossenen Gitter meines Kerkers.

Ich riß mich endlich von dieser Stelle und trat mit traurigem Herzen wieder in das innere Asien, ich durchschweifte es fürder, die Morgendämmerung nach Westen verfolgend, und kam noch in der Nacht in die Thebais zu meinem vorbestimmten Hause, das ich in den gestrigen Nachmittagsstunden berührt hatte.

Sobald ich etwas ausgeruht und es Tag über Europa war, ließ ich meine erste Sorge sein, alles anzuschaffen, was ich bedurfte. — Zuvörderst Hemmschuhe,[9] denn ich hatte erfahren, wie unbequem es sei, seinen Schritt nicht anders verkürzen zu können, um nahe Gegenstände gemächlich zu untersuchen, als indem man die Stiefel auszieht. Ein Paar Pantoffeln übergezogen, hatten völlig die Wirkung, die ich mir davon versprach, und späterhin trug ich sogar deren immer zwei Paar bei mir, weil ich öfters welche von den Füßen warf, ohne Zeit zu haben, sie aufzuheben, wann Löwen, Menschen oder Hyänen mich beim Botanisieren aufschreckten. Meine sehr gute Uhr war auf die kurze Dauer meiner Gänge ein vortreffliches Chronometer. Ich brauchte noch außerdem einen Sextanten, einige physikalische Instrumente und Bücher.

Ich machte, dieses alles herbeizuschaffen, etliche bange Gänge nach London und Paris, die ein mir günstiger Nebel eben beschattete. Als der Rest meines Zaubergoldes[10] erschöpft war, bracht' ich leicht zu findendes[11] afrikanisches Elfenbein als Bezahlung herbei, wobei ich freilich die kleinsten Zähne, **die** meine Kräfte nicht überstiegen, auswählen mußte. Ich ward bald mit **allem** versehen und ausgerüstet, und ich fing sogleich als privatisierender Gelehrter meine neue Lebensweise an.

Ich streifte auf **der** Erde umher, bald ihre Höhen, bald die Temperatur **ihrer Quellen** und die der **Luft** messend, bald Tiere **beobachtend, bald** Gewächse untersuchend; ich eilte von dem **Aequator nach dem Pole,** von der einen Welt nach der andern, Erfahrungen mit Erfahrungen vergleichend. Die Eier der **afrikanischen Strauße oder der** nördlichen Seevögel, und Früchte, **besonders** der Tropenpalmen und Bananen, waren meine gewöhnlichste Nahrung. Für mangelndes Glück hatt' ich als Surrogat **die Nikotiana,**[12] und für menschliche Teilnahme und **Bande** die Liebe eines treuen Pudels, der mir meine Höhle in der Thebais bewachte **und,** wann ich mit neuen Schätzen beladen zu ihm zurückkehrte, freudig an mich sprang und es mich **doch** menschlich empfinden ließ, daß ich nicht allein auf der **Erde sei.** Noch sollte mich ein Abenteuer unter die Menschen **zurückführen.**

XI.

Als ich einst auf Nordlands Küsten, **meine Stiefel** gehemmt, Flechten und Algen[1] sammelte, **trat** mir unversehens um die Ecke eines Felsens ein Eisbär entgegen. Ich wollte, nach weggeworfenen Pantoffeln,[2] auf eine gegenüberliegende Insel treten, zu der mir ein dazwischen aus den Wellen hervorragender nackter Felsen den Uebergang bahnte. Ich trat mit dem einen Fuß **auf den Felsen** fest auf und stürzte auf der andern Seite in das **Meer,** weil mir unbemerkt der Pantoffel am andern Fuße haften geblieben war.

Die große Kälte ergriff mich, ich rettete mit Mühe mein Leben aus dieser Gefahr; sobald ich Land hielt,³ lief ich, so schnell ich konnte, nach der libyschen Wüste, um mich da an der Sonne zu trocknen. Wie ich ihr aber ausgesetzt war, brannte sie mir so heiß auf den Kopf, daß ich sehr krank wieder nach Norden taumelte. Ich suchte, durch heftige Bewegung mir Er=

leichterung zu verschaffen, und lief mit unsichern raschen Schritten von Westen nach Osten und von Osten nach Westen. Ich be= fand mich bald in dem Tag und bald in der Nacht, bald im Sommer und bald in der Winterkälte.

Ich weiß nicht, wie lange ich mich so auf der Erde herum= taumelte. Ein brennendes Fieber glühte durch meine Adern, ich fühlte mit großer Angst die Besinnung mich verlassen. Noch wollte das Unglück, daß ich bei so unvorsichtigem Laufen jemanden auf den Fuß trat. Ich mochte ihm weh gethan haben; **ich erhielt** einen starken Stoß, und ich fiel hin.

Als ich zuerst zum Bewußtsein zurückkehrte, lag ich gemächlich **in** einem guten **Bette,** das unter vielen andern Betten in einem geräumigen und schönen Saale stand. Es saß mir jemand zu Häupten;· es gingen Menschen durch den Saal von einem Bette zum andern. Sie kamen vor das meine und unterhielten **sich** von mir. Sie nannten mich aber Numero Zwölf, **und** an der Wand zu meinen Füßen stand doch ganz gewiß, es war keine Täuschung, ich konnte es deutlich lesen, auf schwarzer Marmortafel mit großen goldenen Buchstaben mein Name

PETER SCHLEMIHL

ganz richtig geschrieben. Auf der Tafel standen noch unter meinem Namen zwei Reihen Buchstaben, ich war aber zu schwach, um sie zusammen zu bringen; ich machte die Augen wieder zu.

Ich hörte etwas, worin von Peter Schlemihl die Rede war, laut und vernehmlich ablesen, ich konnte aber den Sinn **nicht fassen**; ich sah einen freundlichen Mann und eine sehr schöne Frau in schwarzer Kleidung vor meinem Bette erscheinen. Die Gestalten waren mir nicht fremd, und ich konnte sie nicht erkennen.

Es verging einige Zeit, und ich kam wieder zu Kräften. Ich hieß Numero Zwölf, und Numero Zwölf galt seines langen Bartes wegen für einen Juden, darum er aber nicht minder sorgfältig gepflegt wurde. Daß er keinen Schatten hatte, schien unbemerkt geblieben zu sein. Meine Stiefel befanden sich, wie man mich versicherte, nebst allem, was man bei mir gefunden, als ich hieher gebracht worden, in gutem und sicherm Gewahrsam, um mir nach meiner Genesung wieder zugestellt zu werden. Der Ort, worin ich krank lag, hieß das SCHLEMIHLIUM; was täglich von Peter Schlemihl

abgelesen wurde, war eine Ermahnung, für denselben, als den Urheber und Wohlthäter dieser Stiftung, zu beten. Der freund=
liche Mann, den ich an meinem Bette gesehen hatte, war B e n =
d e l, die schöne Frau war M i n a.

Ich genas unerkannt im S c h l e m i h l i o und erfuhr noch mehr, ich war in Bendels Vaterstadt, wo er aus dem Ueberrest meines sonst nicht gesegneten Goldes dieses Hospitium, wo Unglückliche mich segneten, unter meinem Namen gestiftet hatte, und er führte über dasselbe die Aufsicht. Mina war Witwe, ein unglücklicher Kriminalprozeß hatte dem Herrn Raskal das Leben und ihr selbst ihr mehrstes Vermögen⁵ gekostet. Ihre Eltern waren nicht mehr. Sie lebte hier als eine gottesfürchtige Witwe und übte Werke der Barmherzigkeit.

Sie unterhielt sich einst am Bette Numero Zwölf mit dem Herrn Bendel: „Warum, edle Frau, wollen Sie sich so oft der bösen Luft, die hier herrscht, aussetzen? Sollte denn das Schicksal mit Ihnen so hart sein, daß Sie zu sterben begehr=
ten?" — „Nein, Herr B e n d e l, seit ich meinen langen Traum ausgeträumt habe und in mir selber erwacht bin, geht es mir wohl, seitdem wünsche ich nicht mehr und fürchte nicht mehr den Tod. Seitdem denke ich heiter an Vergangenheit und Zukunft. Ist es nicht auch mit stillem innerlichen Glück, daß Sie jetzt auf so gottselige Weise Ihrem Herrn und Freunde dienen?" — „Sei Gott gedankt, ja, edle Frau. Es ist uns doch wundersam er=
gangen, wir haben viel Wohl und bitteres Weh unbedachtsam aus dem vollen Becher geschlürft. Nun ist er leer; nun möchte einer meinen, das sei alles nur die Probe gewesen, und, mit kluger Einsicht gerüstet, den wirklichen Anfang erwarten. Ein anderer ist nun der wirkliche Anfang, und man wünscht das erste Gaukelspiel nicht zurück und ist dennoch im ganzen froh, es, wie es war, gelebt zu haben. Auch find' ich in mir das Zutrauen, daß es nun unserm alten Freunde besser ergehen muß als da=

mals." — „Auch in mir," erwiderte die schöne Witwe, und sie gingen an mir vorüber.

Dieses Gespräch hatte einen tiefen Eindruck in mir zurückgelassen; aber ich zweifelte im Geiste, ob ich mich zu erkennen geben oder unerkannt von dannen gehen sollte. — Ich entschied mich. Ich ließ mir Papier und Bleistift geben und schrieb die Worte:

„Auch eurem alten Freunde ergeht es nun besser als damals, und büßet er, so ist es Buße der Versöhnung."

Hierauf begehrte ich mich anzuziehen, da ich mich stärker befände. Man holte den Schlüssel zu dem kleinen Schrank, der neben meinem Bette stand, herbei. Ich fand alles, was mir gehörte, darin. Ich legte meine Kleider an, hing meine botanische Kapsel, worin ich mit Freuden meine nordischen Flechten wieder fand, über meine schwarze Kurtka um, zog meine Stiefeln an, legte den geschriebenen Zettel auf mein Bett, und sowie die Thür aufging, war ich schon weit auf dem Wege nach der Thebais.

Wie ich längs der syrischen Küste den Weg, auf dem ich mich zum letztenmal vom Hause entfernt hatte, zurücklegte, sah ich mir meinen armen Figaro entgegen kommen. Dieser vortreffliche Pudel schien seinem Herrn, den er lange zu Hause erwartet haben mochte, auf der Spur nachgehen zu wollen. Ich stand still und rief ihm zu. Er sprang bellend an mich mit tausend rührenden Aeußerungen seiner unschuldigen ausgelassenen Freude. Ich nahm ihn unter dem Arm, denn freilich konnte er mir nicht folgen, und brachte ihn mit mir wieder nach Hause.

Ich fand dort alles in der alten Ordnung und kehrte nach und nach, sowie ich wieder Kräfte bekam, zu meinen vormaligen Beschäftigungen und zu meiner alten Lebensweise zurück. Nur daß ich mich ein ganzes Jahr hindurch der mir ganz unzuträglichen Polarkälte enthielt.

Und so, mein lieber Chamisso, leb' ich noch heute. Meine Stiefel nutzen sich nicht ab, wie das sehr gelehrte Werk des berühmten Tieckius, de rebus gestis Pollicilli,[6] es mich anfangs befürchten lassen. Ihre Kraft bleibt ungebrochen: nur meine Kraft geht dahin, doch hab' ich den Trost, sie an einen Zweck in fortgesetzter Richtung und nicht fruchtlos verwendet zu haben. Ich habe, soweit meine Stiefel gereicht, die Erde, ihre Gestaltung, ihre Höhen, ihre Temperatur, ihre Atmosphäre in ihrem Wechsel, die Erscheinungen ihrer magnetischen Kraft, das Leben auf ihr, besonders im Pflanzenreiche, gründlicher kennen gelernt, als vor mir irgend ein Mensch. Ich habe die Thatsachen mit möglichster Genauigkeit in klarer Ordnung aufgestellt in mehreren Werken, meine Folgerungen und Ansichten flüchtig in einigen Abhandlungen niedergelegt. — Ich habe die Geographie vom Innern von Afrika und von den nördlichen Polarländern, vom Innern von Asien und von seinen östlichen Küsten festgesetzt. Meine Historia stirpium plantarum utriusque orbis[7] steht da als ein großes Fragment der Flora universalis terrae und als ein Glied meines Systema naturae. Ich glaube darin nicht bloß die Zahl der bekannten Arten mäßig um mehr als ein Drittel vermehrt zu haben, sondern auch etwas für das natürliche System[8] und für die Geographie der Pflanzen gethan zu haben. Ich arbeite jetzt fleißig an meiner Fauna. Ich werde Sorge tragen, daß vor meinem Tode meine Manuskripte auf der Berliner Universität niedergelegt werden.

Und dich, mein lieber Chamisso, hab' ich zum Bewahrer meiner wundersamen Geschichte erkoren, auf daß sie vielleicht, wenn ich von der Erde verschwunden bin, manchen ihrer Bewohner zur nützlichen Lehre gereichen könne. Du aber, mein Freund, willst du unter den Menschen leben, so lerne verehren zuvörderst den Schatten, sodann das Geld. Willst du nur dir und deinem besseren Selbst leben, o so brauchst du keinen Rat.

NOTES.

INTRODUCTION.

Page 1. — 1. Wie unter Millionen nicht einer, lit., "**as** not one in a million," "he found himself in such a position as not one in a million." 2. Denn es galt nicht Kampf für Deutschland allein, sondern, "**for** fighting for Germany was not the only important question, but."

Page 2. — 3. Schlemihl, dative case. 4. philiströse = philisterhafte, from the noun Philister, meaning "Philistine," "a cit," "a townsman," in contradistinction **to a professor** or student. The adjective means "contracted," "narrow," "mechanical." 5. so weiß ich schon, was die Glocke geschlagen hat = so weiß ich schon gehörig Bescheid. Perhaps, "I shall then know that my **hour** has struck," renders the sense of the German. **He would then** know that there is no use in writing any more of the story. 6. Peter Schlemihl, der bei seinem Erscheinen von der Kritik totgeschwiegen wurde, "Peter Schlemihl, which, on its appearance, fell still-born from the press."

Page 4. — 7. Kurtka (Russian), a kind of jacket.

Page 6. — 8. der Herzen viel, "many hearts" (part. gen.). 9. des Breiteren, **adverbial** genitive: "**as I announced the** details of all **this.**" This genitive **partakes** somewhat of the nature of the partitive genitive and somewhat of the nature of the accusative of contents.

Page 7. — 10. O-Wahu, English, Oahu (pr. Wā hoo), is one of the islands of the kingdom of Hawaii. It **is** fertile, producing indigo, cotton, sugar and **coffee.** Tameiameia was a petty king of this island **who** was friendly to Chamisso while there on his expedition around **the world.** Cf. Chamisso's works, **part** III, p. 142 ff., Hempel's Edition.

Chapter I.*

Page 11. — 1. Schlemihl (pr. Shley-méel). For the meaning of the word see above page 3, line 7 ff. 2. führte mich unters Dach, "led me to an attic room." 3. Ich ließ mir ... beschreiben, "I had some fresh water brought and made them describe to me accurately." 4. Nordertor. Colloquial for Nordthor, the more usual form of the compound. 5. von rot und weißem Marmor. When two adjectives express but one idea the first is uninflected. Cf. Joynes-Meissner, § 449, 2 (a). 6. steckte ... zu mir, "put ... in my pocket." 7. hinaufgestiegen (war) ... erreicht (hatte). The auxiliary is frequently omitted in German dependent clauses, and Chamisso is very fond of dropping it. 8. In Gottes Namen; a formula used in invoking God in the beginning of any undertaking. "and with an invocation to God for his blessing, I pulled the bell." 9. Portier, from the French, and meaning the same. Pronounce as in French.

Page 12. — 10. doch, "I hope." 11. Er brach das Siegel auf und das Gespräch nicht ab. Aufbrechen, "break open," abbrechen, "break off." 12. nachher hab' ich vielleicht Zeit, "perhaps I shall by and by have time." The present with future force is more freely used in German than in English, usually with an adverb of time pointing out the futurity of the action. The event is then considered as certain to take place. Cf. Joynes-Meissner, § 463 (c). 13. es fand sich, was sich paßte, "they paired off according to taste." 14. es ward getändelt und gescherzt, "they trifled and jested." Such intransitive verbs as denote a mode of action by a person may form an impersonal passive. Cf. Whitney, § 279, 2; Joynes-Meissner, § 275.

Page 13. — 15. die Herrin des Tages, "the belle of the day." 16. Englisch Pflaster, "court-plaster." The attributive adjective often remains uninflected before a neuter noun in the nominative or accusative. 17. altfränkisch = altmodisch, "old-fashioned." 18. devoter = ergebener, "devoted," "humble," "respectful." 19. das Verlangte, "the thing desired." For the use of the adjective (or participle) as noun, see Joynes-Meissner, § 140. 20. Ein Fernrohr her, "bring a telescope." her is often used imperatively, the verb (here hergebracht or hergereicht) being understood. This elliptical construction is quite

---

* The edition of Miss Buchheim has been consulted in revising these notes.

admissible in **German** though not considered elegant. 21. Dollond
= ein schönes dollondisches Fernrohr. John Dollond (1706-61, in **London) was** a distinguished optician and inventor of the acromatic
telescopes, which, for him, are called Dollonds.

Page 14. — 22. machte die Honneurs, "did the honors." Honneurs
is pronounced **as in French,** but the ʂ is sounded. 23. Essen Sie nur,
"pray, eat." **The** particle nur with the imperative serves to strengthen
the expression, though its force is often lost in the translation. **It is**
best translated by our "just," "only," "pray," "do," **as,** Thue nur
auch), was man dir sagt, "just do **what you** are told." **It may often
be translated by "possibly," as** p. 17, l. 24. 24. meinte wer aus der
Gesellschaft, "suggested some one from the company." Wer is here
the indefinite pronoun, meaning *any one, some one*. Wer, welcher
were not originally relatives but were gradually developed into such,
often, however, retaining their older signification in certain phrases
like the above. 25. als müsse es so sein, "as a matter of course."

Page 15. — 26. Lustzelt, "pleasure pavilion." 27. Mir war schon
lange unheimlich, ja graulich zu Mute, wie ward mir vollends, als, " I
had long had an uncanny, nay horrified feeling, how completely was
I overcome when." 28. so . . . so . . . so . . . The first two are antecedents, the third consequent. The conjunction so may stand both in
an antecedent and in a relative clause; the first and second are then
equivalent to wenn, and the third is untranslatable. Translate here,
"however confused, etc., however **little,** etc., nevertheless his, etc."

Page 16. — 29. voller Furcht. **In O. H.** G the predicate adjective
could be either inflected or remain unchanged. In Mid. H. G. the
rule was **to leave** the predicate adjective unchanged, though certain
adjectives **in certain** stereotyped expressions still retained their inflection. In Mod. H. G. several of these predicate adjectives have
retained **the** strong form of the masculine nominative singular,
though the grammatical significance of this form has been lost.
Stiller, nasser, halber, and especially voller, are really old strong forms
of **the** masculine nominative singular, but now used as indeclinable
adjectives modifying nouns of both numbers and all genders The
adjective voll (and voller) governs as a rule the genitive; Furcht is
genitive singular, dependent on voller. 30. den eine Schlange gebannt
hat. Bannen signifies literally to put under the *ban*, that is, to con-

fine to certain limits; to fix in a certain place; then to lay spirits, hence to charm. Translate "whom a snake has charmed." 31. wie mir deucht. The form deucht (däucht) comes from dünken, deuchte (däuchte), gedeucht, but now more usually regular (dünken, dünkte, ge= dünkt). The preterite deuchte (däuchte) has led to the formation of a present däuchten (deuchten?), from which we have the present forms mir däucht and mir deucht. The construction after the impersonal verb dünken (däuchten) is unsettled. We find es dünkt mir and es dünkt mich. In the older language are found both mir däucht (deucht) and mich däucht (deucht); now only es däucht (deucht) mir is considered elegant.

Page 17. — 32. und mir ging's wie ein Mühlrad im Kopfe herum, "I felt as if a millwheel were turning in my head." Cf. Goethe's Faust, First Part, line 1592:

  Mir wird von alledem so dumm,
  Als ging' mir ein Mühlrad im Kopf herum.

33. das heiß' ich mir, etc., "that's what I call," etc. mir is ethical dative or dative of interest; this more remote relation is expressed by the dative of the person concerned in the action or its result, or affected by it. Cf. Joynes-Meissner, § 439; Brandt, § 192, 4th ed.
34. Nun überfiel es (ein Schauder) mich wieder kalt, "now a cold shudder again passed over me." überfallen generally has the subject expressed, Grauen, ein Schauder, ein Schauer, etc., but sometimes as here it is used impersonally and the subject must be mentally supplied.
35. guter Freund nennen können. Guter Freund is really the factitive accusative after nennen, and we should logically expect the accusative form guten Freund. But in Mid. H. G. heißen and nennen occasionally take the nominative in the active voice instead of the accusative, as, den man dâ hiez der riter rot; dâ man mich herre heizet (Parzival). In such cases the name stands outside of the construction as independent, indeclinable address (vocative as it were), er nennt sich der rote Ritter; man heißt mich Herr; man redet mich Herr an. This construction is retained with nennen in Mod. H. G. Observe the order hatte nennen können, and cf. Joynes-Meissner, § 358, 5. Können, as well as mögen, wollen, dürfen, sollen, müssen, is the older form of the past participle and is now used in the compound forms of the verb whenever there is an infinitive dependent upon it. Cf

Brandt, §§ 108, 113, 134, 4th ed. 36. Ich verstehe wohl Ihre Meinung nicht, "I presume I do not understand your meaning." Wohl **sometimes implies a** supposition or mitigates an assertion. 37. dero is the genitive case of the feminine form of the O. H. G. demonstrative der, diu, daz, still retained in ceremonious language **for** Ihr, Ihre, "your." 38. Springwurzel, etc. These objects mentioned here all refer to superstitions found in German folk-lore. They were believed to possess magical powers. Springwurzel (caper spurge) **grew** only in the garden of Rübezahl, **prince** of dwarfs and gnomes. It had **great medicinal** properties **and** could **cure the** most stubborn and **chronic diseases; it was** also believed to have the property of opening locks and making its possessor invisible. The Alraunwurzel is the botanical *atropa mandragora* (mandrake). The roots of these plants **were thought to be** more or less similar to a man. They are often **called the souls of** the **dead.** This luck-bringing root grows **only beneath** a gallows on which an arch-thief has been hanged, **and has the** power of bestowing riches on the possessor. The Wechselpfennig **is a** coin, which, according to the superstition **of** the people, returns **to its** possessor whenever it is exchanged or paid out. The Raubthaler is **a** coin which always **returns to its** owner and brings back with it all other coins which it has **touched.** Das Tellertuch von Rolands Knappen is a napkin given to one **of Roland's pages by** a witch. **When spread** on the **greensward** and commanded to provide a **meal,** it was immediately **covered** with everything the possessor desired. Galgenmännlein are small black devils with horns on their heads, **thus resembling Satan** himself; they **are** shut up in little bottles. **Whoever possesses such a** *manikin* has all the **joy and** pleasure, all **the gold of** the world, but his soul is forfeited to the Evil One, if the **possessor** dies without having first disposed of the frightful *manikin* to some **one else.** It can be disposed of only by sale, and the seller must take less **than he** gives, so that at last it will be impossible to sell it for less than **one** gives. **The soul** of him in whose hands it remains must fall to Satan. Galgenmännlein is also another name for Alraun. Cf. Grimm, Deutsche Sagen, No. 11. Fortunatus is the **legendary** hero **of one** of the most popular German tales. After **many** strange adventures and vicissitudes he fell in with the goddess of Fortune in **a** wild forest, and **received** from her a purse which was

continually replenished as often as he drew from its stores. His
Wünschelhütlein is his wishing-cap and the Glückſäckel is his purse.
Cf. here Simrock's Die Deutſchen Volksbücher and von Pergers Pflanzen=
ſagen.

Page 18.— 39. Belieben gnädigſt der Herr, "will the gentleman
kindly." The plural is used after titles; servants use it in speaking
of their master when they have a title. The excessive humility of the
man in gray causes him to use it here. 40. Korduanleder, "Spanish
leather," "Cordwain," "Corduan."

CHAPTER II.

Page 19.— 1. hören Sie doch, "pray, do hear me." doch is sometimes used to fill up or strengthen an expression. Cf. the line below:
Sehe ſich der Herr doch vor, "do be on your guard." 2. Schildwacht,
more usually Schildwache.

Page 20.— 3. hatte es gleich weg, "immediately observed it." 4.
um ſoviel das Gold auf Erden Verdienſt und Tugend überwiegt, um ſo=
viel der Schatten höher als ſelbſt das Gold geſchätzt werde, "in the same
degree as gold outweighs merit and virtue on earth, so the shadow is
more highly esteemed than even gold." The form auf Erden is a
survival of the n-declension of feminine nouns in the singular.

Page 21.— 5. warf... immer des Metalles mehr zu dem Metalle,
"kept throwing more of the metal to the metal." des Metalles is
partitive genitive after mehr. 6. Albrecht von Haller (1708-77) was
physician, poet and botanist. He was most active in the field of
medicine and botany. Alexander von Humboldt (1760-1859) is the
well-known scientist and traveller and was a friend of Chamisso.
Linné, or Linnaeus (1707-78), is the celebrated Swedish naturalist
who introduced the botanical nomenclature. 7. der Zauberring, "the
Magic Ring," the name of one of de la Motte-Fouqué's romances
which appeared in 1811.

Page 22.— 8. etwas des... Geldes. The genitive is grammatically
correct, but in ordinary language etwas von dem, etc., would be employed. 9. Mondeslicht. The compound is generally Monden= or
Mondlicht. Cf. p. 41, l. 12 from the bottom. 10. die is the natural
gender of Mädchen. Whenever the grammatical gender does not
coincide with the natural gender, the rule for the agreement of the

adjective or pronoun with the noun is set aside and Mädchen, Mägdlein, Weib, and Fräulein generally prefer the natural gender. Cf. Joynes-Meissner, § 452 (a); Brandt, §§ 165, 166.

Page 23. — 11. Ich mußte mich an den Häusern halten, um meine Schritte zu sichern, "I had to lean against the houses to support my steps." 12. Vielleicht sollte es mir gelingen, "Perhaps I was destined to succeed." Prophetic use of sollte for decision of future events; almost = würde.

Page 24. — 13. hub er wieder an. aufheben, hob or hub an, angehoben; hub is the older form, but still common among the people. 14. über Jahr und Tag, "in a twelvemonth"; generally a long time; in law a year and a day, or more exactly a year, six weeks and three days.

Page 25. — 15. das war er ja selbst, "why, that was the very man." ja can often be translated by "why."

Chapter III.

Page 25. — 1. Faffner. In Old Norse "Faffnir," a mythological character, the son of Hreidmar and brother of Regin, all of whom play an important part in the history of the Old Norse Sagas; they are in the possession of the great treasures of gold (Gold-hoard) which the three gods Odin, Hoenir, and Loki paid for the murder of Faffnir's brother Otter. Faffnir, the most avaricious of the family, slays his father and refuses to give his brother Regin his share. In the form of a dragon he guards the gold on Gnitaheid, coiling himself over it. Sigurd (German Sigfrid) slays him and thus gains possession of the hoard of the Nibelungs, the cause of his own destruction.

Page 26. — 2. Schlagschatten, "shade which a body in light throws on a light ground."

Page 27. — 3. sie, that is, die Welt. sie is used for emphasis; "it has passed judgment; viz., the world."

Page 28. — 4. in etwas, "somewhat." 5. dennoch wollt' ich hier bloß Probe halten, "accordingly I only wished to make a trial here." 6. am dritten Ort, "at the house of a third person, mutual friend."

Page 29. — 7. eine ganz eigens gedichtete Katastrophe, "a perfectly original catastrophe." gedichtet means "composed," "imagined," "conceived," hence literally translated this passage signifies, "a catastrophe imagined or brought about expressly for this occasion."

Page 30. — 8. dreißig Meilen, German miles, nearly five times as long as English miles.

Chapter IV.

Page 31. — 1. da schlag' ich vergebens, etc. Cf. Num. XX, 11. 2. tragieren, "to represent," "to play." 3. vergaß' ich mich aus dem Stücke heraus in ein Paar blaue Augen, "while playing my part I became smitten with a pair of blue eyes." 4. Bin ich so alt worden? In the older Mid. H. G., in the language of poets, and in upper German dialects the past participle is often formed without the particle ge-. For this expression cf. Uhland: Wie seid ihr so jung geblieben, und ich bin worden so alt? 5. und längst aus dem letzten Pokale der Champagner Elfe entsprüht, "long since the Champagne elf has vanished from the last goblet." Schlemihl has quaffed cup after cup of pleasure and now longs for a single drop to thrill his being and intoxicate him with joy — a single quickened pulse-beat of that giddy joy — but no, he had emptied long since the last cup of pleasure that was in his hands, — the elf that gives intoxication and delight, — namely, the *champagne itself* was drunk long ago and only the empty goblet is in his hand. Champagner Elfe was coined by Chamisso to express the spirit of light enjoyment.

Page 32. — 6. Bildung = Gestalt, "form." 7. vorüberwallen = vorüberwandeln, vorübergehen. vorüberwallen is poetical and scriptural. 8. wieder is here employed in the sense of "in return," "on my part." 9. noch here = dennoch, doch, gleichwohl. "I however called him back and gave."

Page 33. — 10. The Latin plural Magistratus is official language and is properly used here in this official scene. Observe the official terms all through the scene. 11. und fort ging's weiter, "away we went." This impersonal construction is frequent in German. 12. frischweg = munter, wacker; "briskly." 13. wasmaßen man bereits sichere Nachrichten gehabt. wasmaßen = auf was für Art, wie, daß, weil; here = wie, "how they already had sure news." Notice the omission of the auxiliary (habe), as often in German in dependent clauses (cf. gewesen, 3 lines below, and gehabt, 4 and 6 lines below).

Page 34. — 14. gab er mir selbst seine verübte Bosheit zum besten, "he entertained me by relating the tricks he had practiced." 15. Es ſchmeichelte mir doch, ſei es auch nur ſo, "I felt flattered, however, even though **it was** only in this way, that I had been regarded as **the revered sovereign.**" King Frederick William III (1797-1840) reigned then. 16. Ich ließ mir den Grafen gefallen, "I acquiesced in the title of count." **17.** Sie bat . . . um Schonung, "she begged to be excused" (lit. spared).

Page 35.—18. dem nachzuleben, etc., "which (Gebot) every one joyfully hastened to obey." 19. Mina, contraction from Wilhelmina. 20. Ich dürfe = Ich könnte. dürfen often has a meaning kindred to können and mögen.

Page 36.—21. am wenigſten in unſeren Tagen. A hit at Napoleon, who **had made and unmade many** kings. 22. Ich ſprach meinem Säckel zu, "I did justice to my purse, made frequent demands on my purse."

Page 37.—23. womit = wodurch.

Page 38.—24. hingegeben den nur meinend, "devotedly loving only him who was her life."

Page 39.—25. Zeuch hin, archaic form for zieh hin, the imperative from ziehen. 26. Um eine Thräne nur mir zu erkaufen, "only to spare (or save) me one tear." This expression = ſie (die Thräne) **mir** dadurch zu erſparen. The personal dative (Einem etwas, more frequently ſich etwas erkaufen) is a not infrequent construction after erkaufen.

Page 40.—27. Der gute Mann erſchrak ordentlich, "the good man was greatly frightened."

Chapter V.

Page 42.—(1). mir . . . ſehen zu laſſen. In imitation of the French construction the dat. mir stands for the acc. mich.

Page 44.—1. Arethuſa, anciently several sources. The one on the island Ortygia, a part of Syracuse, is the best known. It forms a basin planted with papyrus twigs. According to the myth, Arethusa was the daughter of Nereus and Doris. Being persecuted by the river god Alpheus she passed through or under the sea to Sicily and **there** became a spring.

Page 45.—2. vlämiſch = flämiſch, "cross," "surly," "sour."

Page 46.—3. einen Tropfen Bluts, now generally einen Tropfen Blut. The partitive genitive is, however, the older construction.

Page 47.—4. Tarnkappe, a cloak **which renders its wearer** invisible.

Chapter VI.

Page 50. — 1. Schemen = Schattenbild, "shadow," "phantom." 2. aber die scheußliche Erscheinung gab mich nicht frei, "the frightful apparition (Raskel's Schemen) did not leave me." freigeben = loslassen. The frequent weeping mentioned in this story is a hit at the lacrymose novels of the day. 3. Es war wüst in mir, ich hatte weder Urteil noch Fassungsvermögen mehr, "Desolation reigned in me, I had neither judgment nor self-control left."

Page 51. — 4. ich gewann sichtbarlich auf den Schatten, "I was visibly gaining on the shadow." Chamisso has mentally translated the French *gagner sur*; the Germans say über jemand Terrain gewinnen.

Page 52. — 5. Vogelnest, "bird's-nest." It possessed the power of rendering its wearer invisible. It is probably connected with the tway-blade (bifoglio), which in nearly all European languages is called *bird's-nest* and appears to possess some of the qualities of the Alraun (mandrake). In folk-lore it is a stone which can only be found by certain birds in the nest of ravens and ziskins. Unsichtbare = unsichtbar machende; cf. below.

Page 54. — 6. So hätten Sie; da säßen wir. Potential subjunctives, used in exclamations to express an opinion as such, a possibility, or a mild assertion, sometimes called the diplomatic subjunctive, or subjunctive of politeness. Cf. p. 55, lines 9 and 10; ich dächte . . . nähmen.

Page 55. — 7. Sie müssen mir doch gestehen, "really you must confess to me." doch is very commonly used as an unemphatic particle, both in declaratory and interrogative sentences, and is then often best rendered by "really." In the next line (Sie deckt doch nicht nur ihren Mann) it is best rendered by "however" (however, it covers not only its man). Again, doch can often be best rendered by "surely," as in line 16 below. 8. was man anfangs mit Gutem nicht will, "what one in the beginning will not do with good grace." Supply thun before will; generally in Gutem thun. 9. Was macht Mina? "How is Mina?" Idiomatic use of machen. 10. This doch may best be translated by "in my opinion," or "after all."

Page 57. — 11. fürder, English "further;" now nearly obsolete in German.

Chapter VII.

Page 58. — 1. ein Ereignis an die Stelle einer That. A philosophical digression to ridicule the fatalists who think all events are due to inevitable necessity. 2. greinen, English "grin." Popular expression for the nobler weinen (Eng. *whine*).

Page 59. — 3. daß ... gelassen hätte, "had forsaken its master."

Page 60. — 4. finden gekonnt, for habe finden können. The weak form gekonnt is not used with a dependent infinitive. But occasionally we find gekonnt employed with the infinitive, especially when in inversion the infinitive begins the clause: Schreiben hätte er doch wenigstens gekonnt.

Page 61. — 5. ihm (neuter, as below), that is, dem Elend, "the tears which it (das Elend) had caused I had already shed." 6. seinen Vorstellungen **taub**, blind seinen Thränen. Taub and blind **are** followed by the prepositions bei, für, gegen, zu, as Taub und stumm bei allem Flehen, taub für die Stimmen der Vernunft, taub gegen alles Schicksal, zur Freude taub; Niemand ist bei diesen Reizen blind, blind gegen Gefahr, für die Zukunft blind. They are also followed by the dative, as in this **case**.

Chapter VIII.

Page 62. — 1. auf sich beruhen lassen, "to let alone."

Page 63. — 2. so may here be translated by "at any rate (you no longer have your Bendel with you)."

Page 64. — 3. einen Seitenweg eingeschlagen (habend). The accusative absolute. 4. Sie kommen mir nicht los. Loskommen is here equivalent to entkommen, and therefore governs the dative. "You cannot escape **me.**"

Page 65. — 5. Ich mußte seine Beredsamkeit über mich ergehen lassen und fühlte schier, er habe recht, "I had to endure with patience his eloquence, and almost felt he was right."

Page 66. — 6. von wegen, improperly, or in chancery-style, for wegen. It is still common in von Rechts wegen, "strictly," "in justice." I have heard von wegen mir, which is certainly very inelegant. 7. Hab' ich Ihnen damit durchzugehen versucht? "Have I tried to run away from you with it?"

Page 67. — 8. Auch also, "well then," **"well and good."** 9. das lassen Sie sich gesagt sein, "take this hint," "understand that once for all," "depend upon it."

Page 68. — 10. Justo judicio Dei judicatus sum, justo judicio Dei condemnatus sum, "by the just judgment of God I am judged, by the just judgment of God I am condemned." 11. hebe dich von dannen, "get thee gone." Cf. Matt. ix. 10.

Chapter IX.

Page 70. — 1. Kurtka (Russian), "a kind of jacket." Chamisso used to wear one on his botanical excursions. Cf. Introduction, note 5. 2. derlei mehr. derlei is compounded of the genitive of the demonstrative feminine pronoun der, die, das, and the obsolete lei meaning manner. Translate "and such like more," or, "more in the same strain."

Page 71. — 3. Kirmes, "country-fair." Kirmes is a contraction of Kirchmesse, originally, then, a church-fair.

Page 73. — 4. die ich kannte = diejenige, welche ich kannte. 5. Siebenmeilenstiefel, "seven-league boots."

Chapter X.

Page 74. — 1. die Erde and das Studium. Supply ward or wurde. 2. setzte meinen Stab weiter = setzte meinen Weg fort, "continued my way." 3. Herkules-Säulen. The two rocks, one on either side of the Straits of Gibraltar, were called the Pillars of Hercules, because tradition says these rocks were once united, but were torn asunder by Hercules.

Page 75. — 4. Eliasberg, Mt. St. Elias in the territory of Alaska. Behringsstraße, "Behrings-Straits." 5. welche der dort gelegenen Inseln mir zugänglich wären, "I tried with careful attention to see which of the islands lying along there were (or might be) accessible to me." Chamisso was simply making a rapid run along the east coast of Asia, preparatory to a subsequent return for study. welche is the interrogative pronoun and the clause is one of indirect statement, hence the subjunctive wären. westliche, two lines above, should be östliche, as Chamisso is evidently on the *east* and not the *west* coast of Asia. 6. wovon dieses starrt, "with which this island swarms." 7. sonnengewirkten, "sunwrought," a word coined by Chamisso. 8. was ist es doch um die Bemühungen der Menschen! "of a truth, what avail the efforts of man!"

Page 76.—9. Hemmschuhe, "drag-chains," "brakes," for stopping himself whenever he wished to inspect any object closely. 10. Zaubergold, money he had left from the purse of Fortunatus.

Page 77.—11. zu findendes, here means "easily found." This is called the future passive participle (cf. Lat. fut. pass. part. in -dus), or gerundive. "It is formed only from transitive verbs, and is used only attributively and rarely." Cf. Joynes-Meissner, § 482. 12. Nikotiana, "tobacco," "nicotine-plant." Surrogat is the English surrogate, that is, "substitute."

CHAPTER XI.

Page 77.—1. Algen, "an order of cryptogamic water-plants;" "the common sea-weed." 2. nach weggeworfenen Pantoffeln. Chamisso has here used an inadmissible construction. Prepositional expressions like nach gethaner Arbeit, nach vollendeter seiner Rede, etc., verge on the absolute construction of the participle, though different. They employ the attributive participle, while the absolute construction uses the participle predicatively. The force falls on the preposition and noun. Thus nach gethaner Arbeit ist gut ruhen, unter währendem Regen wurde der Berg erstiegen, do not express much more than the simple phrases, nach der Arbeit, unter dem Regen. Nowhere does the real verbal, temporal idea appear; the addition of the participle is therefore only admissible when the expression can be used without the participle. Hence we cannot say nach besiegtem Feinde (Grimm, 4, 918). Nor can Chamisso say nach weggeworfenen Pantoffeln. He should here use the clause nachdem ich die Pantoffel weggeworfen hatte.

Page 78.—3. sobald ich Land hielt. See halten means to stand out to sea. Land halten signifies just the opposite, hence "as soon as I gained the mainland."

Page 79.—4. zu Häupten is the older dative plural only found in this particular sense.

Page 80.—5. ihr mehrstes Vermögen = den größten Teil ihres Vermögens. mehrst is rarely used, meist is the elegant form. The expression is awkward any way.

Page 82. — 6. Tieckius de rebus gestis Pollicilli is a translation of the title of Tieck's „Leben und Thaten des kleinen Thomas, genannt Däumchen. Ein Märchen in drei Akten." It is to be found in his Phantasus, vol. 3, "Life and deeds of Tom Thumb." It is there related that every time the boots are repaired they lose a mile in length and thus finally become like ordinary boots. 7. Historia stirpium plantarum utriusque orbis refers to Chamisso's Botanical Works, the best known of which is „Übersicht der nutzbarsten und schädlichsten Gewächse in Norddeutschland." The Latin means, "history of the families of plants of the two worlds." Flora universalis is "Flora of the whole earth"; and Systema naturae, "the system of nature." 8. für das natürliche System, "for the natural system" (of plants), in which they are arranged according to their internal organization.

Heath's Modern Language Series.

Introduction prices are quoted unless otherwise stated.

GERMAN GRAMMARS AND READERS.

Joynes-Meissner German Grammar. A *working* Grammar, sufficiently elementary for the beginner, and sufficiently complete for the advanced student. Half leather. $1.12.

Alternative Exercises. Can be used, for the sake of change, instead of those in the *Joynes-Meissner* itself. 54 pages. 15 cts.

Joynes's Shorter German Grammar. Part I. of the above. Half leather. 80 cts.

Harris's German Lessons. Elementary Grammar and Exercises for a short course, or as introductory to advanced grammar. Cloth. 60 cts.

Sheldon's Short German Grammar. For those who want to begin reading as soon as possible and have had training in some other languages. Cloth. 60 cts.

Babbitt's German at Sight. A syllabus of elementary grammar, with suggestions and practice work for reading at sight. Paper. 10 cts.

Faulhaber's One Year Course in German. A brief synopsis of elementary grammar, with exercises for translation. Cloth. 60 cts.

Meissner's German Conversation. Not a *phrase* book nor a *method* book, but a scheme of rational conversation. Cloth. 75 cts.

Harris's German Composition. Elementary, progressive, and varied selections, with full notes and vocabulary. Cloth. 50 cts.

Hatfield's Materials for German Composition. Based on *Immensee*. Paper. 33 pages. 12 cts.

Stüven's Praktische Anfangsgründe. A conversational beginning book with vocabulary and grammatical appendix. Cloth. 203 pages. 70 cts.

Guerber's Märchen und Erzählungen, I. With vocabulary and questions in German on the text. Especially adapted to young beginners. Cloth. 162 pages. 60 cts.

Guerber's Märchen und Erzählungen, II. With vocabulary. Follows the above or serves as independent reader. Cloth. 202 pages. 65 cts.

Joynes's German Reader. Begins very easy, is progressive both in text and notes, contains complete selections in prose and verse, and has a complete vocabulary, with appendixes, also English Exercises based on the text. Half leather. 90 cts.

Deutsch's Colloquial German Reader. Anecdotes as a basis for colloquial work, followed by tables of phrases and idioms, and a select reader of prose and verse, with notes and vocabulary. Cloth. 90 cts.

Boisen's German Prose Reader. Easy, correct, and interesting selections of graded prose, with copious notes, and an Index to the notes which serves as a vocabulary. Cloth. 90 cts.

Grimm's Märchen and Schiller's Der Taucher (Van der Smissen). Bound in one volume. Notes and vocabulary. The Märchen in Roman type; Der Taucher in German type. 65 cts.

Andersen's Märchen (Super). Easy German, free from antiquated and dialectical expressions. With notes and vocabulary. Cloth. 70 cts.

Heath's German-English and English-German Dictionary. Fully adequate for the ordinary wants of the student. Cloth. Retail price, $1.50.

Heath's Modern Language Series.

Introduction prices are quoted unless otherwise stated.

EASY GERMAN TEXTS.

Grimm's Märchen and **Schiller's Der Taucher** (Van der Smissen). Bound in one volume. Notes and vocabulary. The Märchen in Roman type; Der Taucher in German type. 65 cts.

Andersen's Märchen (Super). Easy German, free from antiquated and dialectical expressions. With notes and vocabulary. Cloth. 70 cts.

Leander's Träumereien. Fairy tales with notes and vocabulary by Professor Van der Smissen, of the University of Toronto. Boards. 180 pages. 40 cts.

Volkmann's Kleine Geschichten. Four very easy tales, with notes and vocabulary by Dr. Wilhelm Bernhardt, Washington, D.C. Boards. 99 pages. 30 cts.

Storm's Immensee. With notes and vocabulary by Dr. Wilhelm Bernhardt, Washington, D.C. 120 pages. Cloth, 50 cts., boards, 30 cts.

Andersen's Bilderbuch ohne Bilder. With notes and vocabulary by Dr. Wilhelm Bernhardt, Washington, D.C. Boards. 130 pages. 30 cts.

Heyse's L'Arrabbiata. With notes and vocabulary by Dr. Wilhelm Bernhardt, Washington, D.C. Boards. 80 pages. 25 cts.

Gerstäcker's Germelshausen. With notes by Professor Osthaus, Indiana University, and with vocabulary. Boards. 83 pages. 25 cts.

Von Hillern's Höher als die Kirche. With notes by S. W. Clary, and with a vocabulary. Boards. 106 pages. 25 cts.

Baumbach's Die Nonna. With notes and vocabulary by Dr. Wilhelm Bernhardt, Washington, D.C. Boards. 000 pages. 30 cts.

Hauff's Der Zwerg Nase. With introduction by C. H. Grandgent, Director of Modern Language Instruction, Boston Public Schools. No notes. Paper. 44 pages. 15 cts.

Hauff's Das kalte Herz. With notes and vocabulary by Professor Van der Smissen of the University of Toronto. Cloth. 192 pages. (In Roman type.) 65 cts. Paper, without vocabulary. 92 pages. 25 cts.

Ali Baba and the Forty Thieves. With introduction by C. H. Grandgent, Director of Modern Language Instruction, Boston Public Schools. No notes. Paper. 53 pages. 20 cts.

Schiller's Der Taucher. With notes and vocabulary by Professor Van der Smissen of the University of Toronto. Paper. 24 pages. 12 cts.

Schiller's Der Neffe als Onkel. With notes and vocabulary by Professor H. S. Beresford-Webb of Wellington College, England. Paper. 128 pages. 30 cts.

Benedix's Die Hochzeitsreise. With notes by Natalie Schiefferdecker, of Abbott Academy. Boards. 68 pages. 25 cts.

Arnold's Fritz auf Ferien. With notes by A. W. Spanhoofd of the New England College of Languages. Boards. 59 pages. 20 cts.

Aus Herz und Welt. Two stories, with notes by Dr. Wilhelm Bernhardt. Boards. 100 pages. 25 cts.

Complete catalogue of Modern Language texts sent on request.

Heath's Modern Language Series.

Introduction prices are quoted unless otherwise stated.

INTERMEDIATE GERMAN TEXTS.

Novelletten-Bibliothek, Vol. I. Six short and interesting modern stories. Selected and edited with full notes by Dr. Wilhelm Bernhardt, Washington, D.C. Cloth. 182 pages. 60 cts.

Novelletten-Bibliothek, Vol. II. Six stories selected and edited as above. Cloth. 152 pages. 60 cts.

Unter dem Christbaum. Five Christmas Stories by Helene Stökl, with notes by Dr. Wilhelm Bernhardt, Washington, D.C. Cloth. 171 pages. 60 cts.

Hoffmann's Historische Erzählungen. Four important periods of German History. With notes by Professor Beresford-Webb of Wellington College, England. Boards. 110 pages. 25 cts.

Stifter's Das Haidedorf. A little prose idyl, with notes by Professor Heller of Washington University, St. Louis. Paper. 54 pages. 20 cts.

Chamisso's Peter Schlemihl. With notes by Professor Primer of the University of Texas. Boards. 100 pages. 25 cts.

Eichendorff's Aus dem Leben eines Taugenichts. With notes by Professor Osthaus of Indiana University. Boards. 183 pages. 35 cts.

Heine's Die Harzreise. With notes by Professor Van Daell of the Mass. Inst. of Technology. Boards. 102 pages. 25 cts.

Jensen's Die braune Erica. With notes by Professor Joynes of South Carolina College. Boards. 80 pages. 25 cts.

Riehl's Der Fluch der Schönheit. With notes by Professor Thomas of the University of Michigan. Boards. 84 pages. 25 cts.

Riehl's Das Spielmannskind; Der stumme Ratsherr. Two artistic and entertaining tales, with notes by A. F. Eaton, Oberlin College. Paper. 93 pages. 25 cts.

François's Phosphorus Hollunder. With notes by Oscar Faulhaber. Paper. 77 pages. 20 cts.

Onkel und Nichte. An original story by Oscar Faulhaber. No notes. Paper. 64 pages. 20 cts.

Freytag's Die Journalisten. With commentary by Professor Toy of the University of North Carolina. 168 pages. Boards, 30 cts.

Schiller's Jungfrau von Orleans. With introduction and notes by Professor Wells of the University of the South. Cloth. 248 pages. 60 cts.

Schiller's Maria Stuart. With introduction and notes by Dr. Rhoades of Cornell University. Cloth. 254 pages. 60 cts.

Schiller's Wilhelm Tell. With introduction and notes by Professor Deering of Western Reserve University. Cloth. 280 pages. 60 cts.

Schiller's Der Geisterseher. Part I. With notes by Professor Joynes of South Carolina College. Paper. 124 pages. 25 cts.

Baumbach's Der Schwiegersohn. With notes by Dr. Wilhelm Bernhardt. Boards. 130 pages. 30 cents.

Plautus und Terenz; Die Sonntagsjäger. Two comedies by Benedix, and edited by Professor B. W. Wells of the University of the South. Boards. 116 pages. 25 cts.

Moser's Köpnickerstrasse 120. A comedy with introduction and notes by Professor B. W. Wells. Boards. 169 pages. 30 cts.

heath's Modern Language Series.

Introduction prices are quoted unless otherwise stated.

ADVANCED GERMAN TEXTS.

Holberg's Niels Klim. Selections edited by E. H. Babbitt of Columbia College. Paper. 64 pages. 20 cts.

Meyer's Gustav Adolfs Page. With full notes by Professor Heller of Washington University. Paper. 85 pages. 25 cts.

Schiller's Ballads. With introduction and notes by Professor Johnson of Bowdoin College. Cloth. 182 pages. 60 cts.

Scheffel's Trompeter von Säkkingen. Abridged and edited by Professor Wenckebach of Wellesley College. Cloth. Illustrated. 197 pages. 70 cts.

Scheffel's Ekkehard. Abridged and edited by Professor Carla Wenckebach of Wellesley College. Cloth. 241 pages. 70 cts.

Freytag's Aus dem Staat Friedrichs des Grossen. With notes by Professor Hagar of Owens' College, England. Boards. 123 pages. 25 cts.

Freytag's Rittmeister von Alt-Rosen. With introduction and notes by Professor Hatfield of Northwestern University. Cloth. 213 pages. 70 cts.

Lessing's Minna von Barnhelm. With introduction and notes by Professor Primer of the University of Texas. Cloth. 216 pages. 60 cts.

Lessing's Nathan der Weise. With introduction and notes by Professor Primer of the University of Texas. Cloth. 338 pages. $1.00.

Lessing's Emilia Galotti. With introduction and notes by Professor Winkler of the University of Michigan. Cloth. 169 pages. 60 cts.

Goethe's Sesenheim. From *Dichtung und Wahrheit*. With notes by Professor Huss of Princeton. Paper. 90 pages. 25 cts.

Goethe's Meisterwerke. The most attractive and interesting portions of Goethe's prose and poetical writings, with copious notes by Dr. Bernhardt of Washington. Cloth. 285 pages. $1.50.

Goethe's Dichtung und Wahrheit. (I–IV.) With introduction and notes by Professor C. A. Buchheim of King's College, London. Cloth. 339 pages. $1.00.

Goethe's Hermann und Dorothea. With introduction, notes, bibliography, and index by Professor Hewett of Cornell University. Cloth. 293 pages. 80 cts.

Goethe's Iphigenie. With introduction, notes and a bibliography by Professor L. A. Rhoades of the University of Illinois. Cloth. 170 pages. 70 cts.

Goethe's Torquato Tasso. With introduction and notes by Professor Thomas of Columbia University. Cloth. 243 pages. 75 cts.

Goethe's Faust. Part I. With introduction and notes by Professor Thomas of Columbia University. Cloth. 435 pages. $1.12.

Goethe's Faust. Part II. With introduction and notes by Professor Thomas of Columbia University. Cloth. 000 pages.

Heine's Poems. Selected and edited with notes by Professor White of Cornell University. Cloth. 232 pages. 75 cts.

Gore's German Science Reader. Introductory reader of scientific German. Notes and vocabulary, by Professor Gore of Columbian University. Cloth. 195 pages. 75 cts.

Hodges's Scientific German. Part I consists of exercises in German and English, the sentences being selected from text-books on science. Part II consists of scientific essays, followed by a German-English and English-German vocabulary. Cloth. 203 pages. 75 cts.

Wenckebach's Deutsche Literaturgeschichte. Vol. I (to 1100 A.D.) with *Musterstücke*. Boards. 212 pages. 50 cts.

Wenckebach's Meisterwerke des Mittelalters. Selections from translations in modern German of the masterpieces of the Middle Ages. Cloth. 300 pages. $1.26.